Manfred Stutz

Vatertag

Vor- und Selbstlesegeschichten

Ich danke Matthias Schöbe für technische Hilfe bei
der Erstellung der Druckvorlage.

Originalausgabe
ISBN 9783837009545
© 2007 Manfred Stutz
Alle Rechte liegen beim Autor.
Herstellung und Verlag: Books on Demand GmbH,
Norderstedt

Inhaltsverzeichnis

Für Leonhard

Das Lichtlein ohne Namen

Es war einmal ein kleiner Junge – nein... Es war einmal ein Junge, der war so groß wie du – ein ziemlich großer Junge...

Ein Junge also wie du... der liegt in seinem Bett wie du... und wie du kann er nicht einschlafen. Und ist das ein Wunder? Beide liegt ihr schon seit zwei Tagen im Bett und habt Fieber; und der Kopf ist heiß und die Wangen rot, aber unter der warmen Decke meint ihr, ihr friert. Du kennst das ja von früher schon, nicht? Da liegst du eingemummelt unter der Decke wie sonst nie und dir will einfach nicht warm werden. Ist das nicht seltsam? Und dem Jungen, von dem ich dir erzählen will, geht es genauso. Eigentlich müßte er schwitzen, aber ihm ist kalt, daß er meint, seine Zähne schlagen aufeinander.

Und mir fällt auf, wo nun so gar kein Unterschied zwischen euch zu sein scheint, könnte die Geschichte doch ebenso gut von dir handeln, oder? Wäre das zu langweilig für dich? Denkst du, die Geschichte von dem anderen Jungen wird interessanter sein? Geheimnisvoller, spannender? – Und wenn du dir mal vorstellst, du... ja, du *wärst* dieser andere Junge? – Versuch´s einfach, nur zum

Spaß... denk, du bist dieser andere Junge. Du weißt gar nicht, wer er ist? – Mußt du auch nicht wissen, du bist er, ganz einfach. Du bist er, und er ist du. Kannst du dir das vorstellen? – Ja, versuch´s... du liegst noch immer im Bett, natürlich, aber ein anderes Bett als deins, in einem anderen Zimmer mit anderen Fenstern und anderen Gardinen, alles ist anders – und du hörst deinen Papa fragen, ein anderer Papa als dein richtiger ist: „Kannst du nicht einschlafen?", und du hörst dich „nein" sagen.

„Soll ich dir noch eine Geschichte erzählen?"

„Ja", sagst du und denkst: Noch eine? Hat er denn schon eine erzählt? Mir – ? Oder dem anderen Jungen? Der andere – . Ich bin doch der andere, wer sonst... nur zum Spaß, natürlich. Und kalt ist mir sowieso, egal, wer ich bin... und ganz ohne Spaß.

„Gut", sagt der Papa, den du nicht kennst und der vielleicht doch dein Papa ist – und ist nicht alles so seltsam heute?

„Gut – . Es war einmal ein Lichtlein...."

„Es war einmal ein kleiner Junge! – Ich...! Ich meine, ich...! Ich war... ich bin..."

„Wie?"

„Es war einmal ein kleiner Junge, fängt die Geschichte an. Oder willst du jetzt eine andere erzählen?"

„Möchtest du eine andere hören?"

„Welche ist schöner?"

„Ich weiß gar nicht, ob es eine andere ist", sagt der fremde Papa. Ein Papa mit einem Bart und einer Brille, die er jetzt auf die Stirn hochschiebt – und sieht ihn an und lächelt dabei. „Richtige Geschichten erzählen sich selbst; und wenn es eine richtige ist, fängt sie an zu erzählen, ohne zu wissen, wie sie endet. Seltsam, nicht? Sogar wenn es deine eigene Geschichte ist – und ist das nicht spannend und geheimnisvoll... am spannendsten überhaupt?"

„Und wie die hier endet, weißt du das?"

„Weißt du es denn? Vergiß nicht, es ist jetzt deine Geschichte, nicht die eines anderen Jungen. Oder willst du nicht mehr?"

„Doch", sagt jemand. Und du kommst dir so durcheinander vor, daß du kaum deine eigene Stimme erkennst. Oder hat jemand anderer „doch" gesagt?

„Gut", sagt der fremde Papa, „dann soll's dabei bleiben. Lassen wir uns einfach überraschen. Und wie soll ich jetzt anfangen? Es war einmal ein kleiner Junge, oder es war einmal ein Lichtlein – oder du bist du? Bist du wirklich du, bist du sicher?"

Nein, was für ein seltsamer Papa, dieser fremde! Nur gut, daß der richtige nicht so ist... Wer soll man sein, wenn nicht man selbst... aber gut, im Spaß vielleicht?

„Also – es war einmal ein Lichtlein, das besaß nichts, nicht einmal einen Namen, aber deswegen machte es sich keine Gedanken. Alle seine Geschwister, die bei ihm waren, hatten ebenfalls keinen, und es dachte, das ist in der Ordnung so – niemand in der Welt hat einen Namen. Außerdem – wie sollte es zu einem kommen? – Eigentlich war es noch gar kein Lichtlein, es mußte erst eins werden; und – Hand aufs Herz – hast du schon einmal ein *Streichholz* gesehen, das einen Namen hat? – Ja, so verhielt es sich nämlich mit diesem Lichtlein, das so ganz von der Hoffnung lebte, entzündet zu werden: Es steckte noch in einem Streichholzkopf gefangen.

Und weißt du, damit ist es nicht anders als mit Knospen und Blüten – in den kleinen, winterkalten Trieben schlummert der Frühling, der ganze Frühling. Niemand sieht ihn, wenn er sich darin versteckt hält. Still und geduldig warten die Knospen und hoffen, daß es wärmer wird – ja, und die Sonne bricht ihre Starre auf. Die Blüten entfalten sich und zeigen all ihre bunte Freude – ihre und jedermanns Freude am Leben, und die kleinen Bienen und der Dachs und auch die Menschen wissen: Es ist Frühling, endlich wieder Frühling!

Und mit derselben Zuversicht wie die Knospen hoffte unser Lichtlein. Es wollte heraus aus dem Streichholzkopf, in dem es so lange schon gefangen war; heraus aus Dunkelheit und Enge, und wie die Blüten brauchte es Wärme; nicht die Wärme des Frühlings, nein, jemand mußte kommen und es aus der dunklen Schachtel herausnehmen und sein Köpfchen reiben, tüchtig reiben, daß ihm warm wird, und schon springt das Lichtlein heraus und kann sich seiner Helle und Wärme erfreuen – besonders der Wärme.

Denn das arme Lichtlein im Streichholzkopf fror. Ihm war erbärmlich kalt und seinen Geschwistern nicht minder. Zwar lagen sie in einer Zündholzschachtel dicht beisammen und hätten einander gegen die Kälte beistehen können, doch wie sollte das möglich sein, wenn keines von ihnen auch nur ein bißchen Wärme hatte, von der es hätte abgeben können? – Zudem wurden sie im Laufe der Zeit immer weniger in der Schachtel, und je weniger sie waren, desto kälter wurde ihnen; besonders diesem Lichtlein, das zu einem Hölzchen gehörte, das noch ein wenig schlanker war als seine Geschwister. Es bibberte unentwegt, und jedesmal, wenn die Schachtel geöffnet wurde und die Hölzchen vor Aufregung klapperten, versuchte es am lautesten zu sein und rief: „Hier bin ich! Hier...", aber es lag ganz zuunterst, und stets wurde ein anderes herausgenommen.

„Ja, hier!", hörst du wieder diese fremde Stimme. Oder ist es doch deine? – „Hier! – Ich friere auch! Ich will auch raus!"

Raus? – Was rede ich nur? Wo raus?

Aus dem Bett natürlich! Ich muß raus aus dem Bett und unter dieser dicken Decke weg, dann friere ich nicht mehr. In Wirklichkeit ist mir zu heiß, nicht zu kalt. Ich muß aus dem Bett und raus an die frische Luft und spielen, dann höre ich auf zu frieren.

Und du beginnst mit Armen und Beinen zu strampeln, um die Decke abzuwerfen; du strampelst und strampelst – und strampelst nur in der Luft.

Warum strample ich denn? denkst du. Was soll der Unsinn? Da ist nichts, was ich wegstrampeln muß. Was man sich so einbildet... ich sollte jetzt aufstehen, endlich aufstehen... aufstehen, ja. Aus dem... aus dem... woraus aufstehen? Wo bin ich überhaupt – ?

Du schaust umher und merkst plötzlich, daß um dich herum alles ganz dunkel geworden ist, vollkommen finster. Wo ist dein... Bett? Ist das dein Zimmer, in dem du bist? Bett...? Zimmer...? – Obwohl du nichts erkennst, hast du den Eindruck, alles ist eng um dich herum, eng und dicht an dir dran. Und du siehst auch den anderen Papa nicht mehr, siehst ihn nicht und hörst seine Stimme nicht. Alles ist eng, still und dunkel... eng, still und dunkel – so wie immer, nicht? Eng, still und dunkel – und wie anders soll's sein?

Und der andere Papa, der andere Papa... wer ist der andere Papa? – Was ist ein Papa? – Und wer bin ich? Welcher von den – Jungen bin ich? – Wie kompliziert das alles ist! Zwei Jungen und einer bin ich oder auch beide zusammen – oder keiner...? Ach, ich weiß nichts mehr. Was für ein wirres Zeug ich geträumt habe... oder träume ich noch? Und ist das alles ein Wunder... wenn man so lang schon allein ist, ganz allein... und friert... und immer in solcher Dunkelheit, daß man nicht weiß, wo man ist...

Du weißt nicht, wo du bist? Sagst du wirklich, du weißt nicht, wo du bist? – Bist du so durcheinander?

Doch, doch, ich weiß schon. Aber ist nicht alles zu traurig? Vielleicht möchte ich so ein... so ein... Junge?... ja, Junge sein. Ich weiß nicht, was das ist, aber ich möchte ein Junge sein... vielleicht auch nicht... vielleicht kann ich dann kein Lichtlein werden. Nein, ich will lieber in meiner Schachtel bleiben...

Ja, so denkst du und denkst auch, wie gut, daß ich noch ein bißchen Hoffnung habe, und spürst plötzlich, wie die Schachtel, in der du bist, aufgenommen wird. Sie wird aufgenommen und geschüttelt, geschüttelt, daß du um und um fliegst. Dir wird angst und bange und schwindlig und du willst rufen: „Nicht... nicht!", aber da ist es auch schon vorbei, und du hörst eine Stimme, eine Stimme, die du nicht kennst, und diese Stimme sagt: „Eins ist noch drin."

Natürlich ist noch eins drin! Und viel zu lange schon! Und ausgerechnet das, das sich am meisten gefreut hat, ein Lichtlein zu werden. Und daß sie dich vergessen haben, hast du schon lange gewußt. Und sollen sie nun machen mit dir, was sie wollen, dir ist es egal. Auch ein Streichholz hat mal genug!

Ja, selbst ein Streichholz, das keine andere Sehnsucht kannte, als einmal ein Lichtlein zu werden, und das jetzt nur noch schwindlig und enttäuscht ist.

Und so hört es kaum, wie die Schachtel geöffnet wird, und fühlt auch nicht, wie jemand es faßt... ja, jemand faßt es und dann – dann hört es doch das Geräusch, das es so oft gehört hat... dieses Zaubergeräusch, mit dem man zum Lichtlein wird... dieses „Schsch...." und ihm wird ein wenig warm, an der einen Seite, und dann das Geräusch noch einmal... „schsch..." und dann ein kleiner Knall – und es brennt!

Brennt es wirklich?

Kann es denn sein?

O, ist das schön! Es brennt! Es kann sich fühlen – endlich! Es fühlt, wie es lebendig wird.

Es riecht den schwefligen Geruch, diesen herrlichen Geruch, in dem es sich entzündet hat, und es ahnt, wie schön das neue Leben sein wird.

Und die Wärme... aahh... diese Wärme! Alles Frieren und Bibbern sind mit dem kleinen Knall, der es erweckt hat, vergessen – welch wunderbare Wärme!

Ja, es lebt und kann sich wirklich fühlen.

Erst steht es aufrecht und brennt hellauf, so hell, daß es meint, kaum mit dem Atmen nachzukommen; es brennt... nein, es *ver*brennt und weiß es nicht und denkt, nur gemach, mein Leben hat gerade erst begonnen, ich habe Zeit, mich im

Atmen zu üben. Dann wird es auf die Seite gehalten. Ja, so ist´s besser, will es rufen, doch die Luft wird ihm knapp, wirklich knapp jetzt, so sehr knapp plötzlich. Und es bekommt Angst.

Es fühlt, wie seine Flamme kleiner und kleiner wird, und will nicht begreifen, was ihm geschieht; und als es begreift und glaubt, alles sei vorbei, so schnell vorbei, und kaum ins Leben geholt und schon wieder vorbei, und als zum ersten Mal alle Hoffnung ihm vergeht, hört es eine Stimme: „Autsch...!" und fühlt, wie es mit dem letzten Zucken seiner Flamme auf etwas überspringt, auf etwas, das es nicht kennt, und wie das anfängt zu brennen mit seinem Licht, schöner, größer, heller, als zuvor.

Was ist nur geschehen?

Ist es gestorben und nun in einer Welt, in der Lichtlein, ohne sich verzehren zu müssen, ewig brennen? – Nein, das will es nicht. Es will nicht sterben, es ist noch so jung – es will leben!

„Stell sie bitte auf den Tisch", hört es.

Seltsam, denkt es, ich höre; bin ich denn nicht... ?, will es sich fragen, doch es fühlt sich gefaßt und hochgehoben und – o, je, was ist das nur wieder! – davongetragen, daß ihm erneut fast die Sinne vergehen. Nicht so schnell, will es rufen, nicht so schnell! – Es schnappt nach Luft, und seine Flamme liegt flach und flackert aufgeregt. Und als hätte es jemand gehört, geht es in der Tat langsamer weiter und noch langsamer, und dann wird es abgestellt.

„Puuh...", macht das Lichtlein, und seine Flamme flackert und blakt. Vor Angst mag es nichts sehen. Nur nicht, denkt es, sonst kommt eine neue Luftreise, puh..., was wird mir übel davon...

Doch ein Gutes hat es auch. Wem so schlecht wird, der kann nicht tot sein, denkt das Lichtlein, und freut sich trotz der Übelkeit seines Lebens. Sehen mag es zwar weiterhin nichts, aber allmählich wird ihm besser, und außerdem – es ist doch ein Lichtlein! Und Lichtlein sind neugierig und wollen alles mitbekommen in dieser Welt.

Als nichts weiter geschieht, außer daß es allerhand Stimmen und Geräusche um sich herum vernimmt, sieht es sich langsam um. Ja, das ist nun etwas – es findet sich inmitten lauter Dinge, die es nicht kennt. Und woher auch, mit den wenigen Minuten Lebens, die es erst hat?

Immerhin merkt es, daß es wohl in eine vornehme Gesellschaft geraten ist, und wäre es etwas älter gewesen, so hätte es gewußt, daß es auf einem Tisch steht. Und was für ein Tisch!

Ein festlich gedeckter Tisch mit einer gestickten Decke darauf; mit dünnem, blassen Porzellan, so blaß, daß es vom Ansehen schon fast zerbricht, mit silbernen Löffelchen und Gäbelchen, mit dampfendem Kaffee und Milchkakao und köstlich duftendem Kuchen und Plätzchen. Und mitten darin das Lichtlein! Auf dieser Decke, auf der es sich fast nicht, wenn es hinuntersieht, zu stehen traut, so fleckenlos weiß und kunstvoll gestickt ist sie! – Ja, und um den Tisch herum sitzen ein Mann und eine Frau und zwei Kinder, und sie fangen nun an, Kaffee zu trinken.

Das Lichtlein sieht sich um.

Das Leben ist schön, denkt es, alles Warten und Hoffen hat sich gelohnt.

Ich habe zwar nie gewußt, was mich erwartet, wenn ich einmal ein Lichtlein bin, aber wenn es dies ist, in so vornehmer Gesellschaft und auf einer so weißen Decke stehen zu dürfen, dann ist es schön – und aufregend; doch von weiterer Aufregung und Luftreisen würde es sich schon gern etwas weniger wünschen. Damit, so scheint es, ist es fürs erste auch vorbei. Es steht auf dem Tisch, und ihm ist warm und wohl, und vor Freude könnte es irgendetwas Übermütiges tun.

Natürlich schickt sich das nicht in so vornehmer Gesellschaft, das ahnt das Lichtlein wohl und läßt es bleiben; und wenn es in die Runde schaut und all die Vornehmheit sieht, wird ihm ein wenig beklommen, und es fragt sich, ob es als das Lichtlein, das es doch ist, darin bestehen kann. Ich muß mich ihrer Gesellschaft würdig erweisen, denkt es, und will nur ja nichts falsch machen und mich bemühen, ebenfalls vornehm zu sein. Es überlegt, was es tun könne, um vornehm zu erscheinen, und meint, es dürfe sich keinesfalls natürlich geben und müsse darum ruhiger atmen.

Es atmet flach und flacher und hält dann gar die Luft an, so vornehm will es sein, und seine Flamme wird kleiner und kleiner und beginnt zu flackern.

„Was ist denn mit der Kerze?", fragt der Mann.

„Ja, was ist mit ihr?", sagt die Frau. „Nein, schau, sie brennt wieder."

In der Tat – das Lichtlein hat es sich anders überlegt. So vornehm, daß mir wieder schwindlig wird, muß ich wohl nicht sein, denkt es. Und wie hat der Mann es genannt? – Kerze – ? Auf einer – Kerze brennt es? – Schön... aber was ist eine Kerze? Wie sieht sie aus?

Es versucht, an sich herunterzusehen, doch viel mehr, als daß eine Kerze um vieles länger und um noch vieleres dicker als ein Streichholz ist, kann es nicht erkennen. Aber das zu wissen, tut ihm schon gut. So schnell wie ein Streichholz kann eine Kerze nicht verbrennen, denkt es. Und wenn ich es richtig betrachte, verbrenne ich überhaupt nicht, jedenfalls merke ich nichts, und die Aussicht auf ein langes, glückliches Leben stimmt das Lichtlein noch freudiger. Es atmet ruhig, nicht zu viel und nicht zu wenig, und wie es aussieht, sind jetzt alle mit ihm zufrieden – und warum auch nicht?

So steht es, steht und traut sich bereits mehr, auf der weißen Decke zu stehen, und sieht in die Runde. Das blasse Porzellan schweigt sich an, ganz so, wie sich das für feine Leute gehört. Die silbernen Löffelchen und Gäbelchen klappern; und das Tischtuch, so kommt es dem Lichtlein vor, ist sicher aus beständiger Angst, einen Fleck zu bekommen, so weiß.

Und das Lichtlein sieht die Menschen an.

Es sieht, wie sie essen und trinken, und hört ihren Gesprächen zu, und plötzlich entdeckt es in den Augen der Kinder ein noch kleineres, viel, viel kleineres Lichtlein, als es selbst eins ist. Und ist denn nicht... ? – Sieht es nicht – sich selbst in den Augen der Kinder? – Welch ein Wunder! Sind denn die Augen der Menschen Spiegel? – Es sieht noch genauer hin... Tatsächlich, kein Zweifel... es sieht sich selbst, und – haha... lustig ist das, es steht auf dem Kopf!

Was für Merkwürdigkeiten es im Leben gibt, denkt es. Schade nur, daß ich in ihren Augen so klein bin, ich kann mich gar nicht richtig erkennen. Dennoch verneigt es sich und zwinkert allen zu... und ist das nicht wirklich lustig? – Sogar auf der Kaffekanne, die, so dick wie sie ist, bestimmt die würdevollste in der Porzellanfamilie ist, kann es sich erkennen und sehen, wie es sich verneigt.

Aber sieht eine Kerze denn wirklich so aus? Mit einer so kurzen, krummen Gestalt und einem so krummen Rücken und wirklich so blaß? Und da – bei den Tassen ist es nicht anders!

Das gefällt dem Lichtlein gar nicht, nein, es selbst gefällt sich in dieser krummen Gestalt nicht, und so schaut es lieber wieder in die Augen der Kinder, obwohl es darin um soviel kleiner ist und obendrein noch auf dem Kopf steht.

Und die Frage, wie es wohl aussieht, ob schön oder krumm und häßlich, beschäftigt es so sehr, daß es kaum mitbekommt, wie das Kaffeetrinken zu Ende geht und das größere Kind plötzlich sagt: „Mama, was ist mit der Kerze? Soll ich sie ausblasen?"

Das Lichtlein erschreckt. Hat es richtig gehört?

Es schaut zum Kind und dann zur Frau. Hat es „ausblasen" gehört?

„Mama...", sagt das Kind.

Das Lichtlein sieht, wie die Frau es anschaut.

Sie sitzt auf ihrem Stuhl, hat den Kopf auf die Hände gestützt und sieht es an.

Es ist auch in ihren Augen und ist darin ebenso klein wie in den Augen der Kinder. Dennoch sieht es anders aus. Es kommt ihm vor, als seien die Augen der Frau tiefer und als sei es, das Lichtlein, tief innen in diesen Augen, die tief dunkel sind; und in diesem Dunkel strahlt es besonders hell, doch das Dunkel – wie kann das nur angehen? – strahlt noch mehr.

Wie schön, wie wunderschön... denkt das Lichtlein.

Es hört das Kind wieder „Mama" sagen und fragt sich erneut, was es gesagt hat: Ausblasen – ? Was hat das zu bedeuten? – Und was auch immer, solange diese schönen Augen es anblicken, ist es ihm einerlei, und soll es gar sterben müssen, wo kann es schöner sterben als in diesem tiefen und so geheimnisvollen Dunkel.

„Mama!"

„Wie?" – Die Frau sieht zu dem Kind. Ihre schönen Augen wenden sich weg.

Aus, denkt das Lichtlein. Alles aus...

„Wie?", sagt sie.

„Die Kerze", sagt das Kind. „Das Licht."

Die Frau steht auf.

„Nein", sagt sie. „Stell es ins Fenster – und vorsichtig, bitte."

O, diese wunderschönen Augen. Das Lichtlein atmet tief. Es weiß zwar nicht, ahnt aber sehr wohl, daß es sein weiteres Leben der Frau zu verdanken hat und vielleicht irgendeinem Geheimnis in ihren Augen.

Das Kind nimmt die Kerze auf, schirmt die Flamme mit einer Hand ab und trägt sie davon.

Ja, eine solche Luftfahrt, wenn man dabei nicht um Leib und Leben zu fürchten hat, kann man sich gefallen lassen, denkt das Lichtlein; und gerade als es anfängt, richtig Spaß daran zu haben, wird es schon wieder abgesetzt.

Anfangs steht das Lichtlein und ist ganz in sich gekehrt und muß immerfort an diese Augen denken und fühlt eine Sehnsucht in sich nach... nein, nach was kann es nicht sagen, aber doch eine Sehnsucht. Eine Sehnsucht, die es daran erinnert, wie es gehofft hat, ein Lichtlein zu werden. Aber auf was soll es noch hoffen? Nach was kann sich ein Lichtlein, das ja nun unzweifelhaft mit heller Flamme brennt, noch sehnen?

Es beginnt sich umzusehen, wohin man es gestellt hat.

Natürlich ist sein jetziger Platz nicht mit dem auf dem Tisch zu vergleichen, und von Festlichkeit keine Spur. Links und rechts von ihm, mit etwas Abstand, stehen zwei Töpfe, in denen Pflanzen wachsen. Die Töpfe sind von gewöhnlicher Art, wie Blumentöpfe sind, und überhaupt nicht vornehm, und das Lichtlein kann sich, so sehr es sich neigt und zwinkert, nicht ein bißchen darin spiegeln. Was für eine ungefällige Nachbarschaft, denkt es und wendet sich ab und sieht... ja, und sieht – was ist denn das? – Sieht dicht vor sich, nach draußen hin, wo es schon dunkel wird, ein – Licht.

Ein Licht mit einem aufrechten, schwarzen Docht in der Mitte, aufrecht und gerade wie ein Streichholz mit einem roten Flammenhäubchen darum, die Flamme um den Docht herum dunkel, nach unten hin bläulich und darüber warm und gelb und dann heiß und weiß mit feinen Spitzen nach oben und einem klaren Rand. Ganz ruhig steht es da, hoch und schlank, um die Hüften ein wenig rund, wie sich das für ein ordentliches Licht gehört. Darunter eine schlanke, rote Kerze, die in einem flachen Silberleuchter mit fein verziertem Handgriff steckt.

Das Lichtlein ist sprachlos.

Was für ein schönes Licht, denkt es.

Es steht ganz still und schaut nur immer das Licht an und traut sich nicht zu rühren, so schön ist das Bild der Flamme vor dem Dunkel draußen. So schön wie ich in den Augen der Frau, denkt es – nein, noch viel schöner.

„He, du, Licht", flüstert es. „Ich will dir nur sagen, wie schön du bist."

Ja, und seltsam... es wundert sich nicht wenig, als es sieht, wie im selben Augenblick, als es spricht, das Licht vor ihm ebenfalls anfängt zu sprechen. Es sagt genau dasselbe; und es spricht wie mit seiner eigenen Stimme!

Das Lichtlein erschreckt.

Was hat das zu bedeuten! – Es schaut ganz still das Licht an und faßt sich dann ein Herz: „Wer bist du?", fragt es.

„Wer bist du?", sagt im selben Augenblick das Licht.

Das Lichtlein überlegt und ihm kommt ein Gedanke, daß ihm abwechselnd heiß und kalt wird.

„Bist du...?"

„Bist du...?"

Das Lichtlein zögert noch. Die Vorstellung, die es hat, erscheint ihm doch wirklich undenkbar.

„Bist du... bist du – ich?"

Nun ist es heraus! „...ich?", hört es noch.

Sehe ich mich selber?!

Das Lichtlein kann seine Aufregung nicht länger zähmen und flackert wild.

Ja, ich sehe mich selber! Das Licht bin... ich!

Doch statt zu jubeln, schaut es wieder ganz still ins Fenster.

Zum erstenmal sieht es sich in seiner ganzen Größe und unverzerrt und ohne auf dem Kopf zu stehen, und es kann nicht fassen, daß jenes dort sein Bild ist; wie schön das ist und wie schön es demnach selbst sein muß.

Ach, wenn ich an die Zeit in der Schachtel zurückdenke, diese dunkle Zeit, seufzt es und spürt, wie eine Träne von Wachs die Kerze herunterläuft. Wie war es doch kalt und wie häßlich war ich. Es betrachtet sich unverwandt von allen Seiten und befindet sich immer für gleichermaßen schön, und je länger es dauert, sogar für ständig schöner.

Doch so ganz allein seine Schönheit zu beschauen, vermag auf Dauer selbst das schönste Licht nicht zufriedenzustellen, und so hält es Ausschau, ob es nicht jemand gibt, der seine Schönheit vielleicht noch mehr bewundert als es selbst. Von diesen tumben Töpfen neben ihm kann es nichts erwarten, und so versucht es, an seinem Spiegelbild vorbei und durch die Fensterscheibe hindurch nach draußen zu sehen. Es ist dunkel geworden, gerade noch ein paar kahle Bäume und Büsche kann es erkennen.

Ob die mich sehen können, denkt es und holt tief Luft, um sich ein wenig größer zu machen und noch mehr Rot auf die Wangen zu bekommen. Stolz bläht es sich in den Hüften, reckt sich dann schlank empor und blinzelt nach draußen, doch von nirgendwo kommt ein Ausruf des Erstaunens. Bin ich denn nur von Tölpeln umgeben, denkt es und ruft dann: „Ihr da draußen, was ist mit euch, seht ihr mich nicht?" – und zuckt im selben Augenblick erschrocken zusammen.

Tock, tock macht es am Fenster und wieder: Tock, tock...

Das Licht macht sich klein, ganz klein. „Wer... ist da?", fragt es.

„Ich", antwortet eine Stimme. – Es ist eine krächzende Stimme, die einem gehörig Angst machen kann. O je, denkt es, warum habe ich auch rufen müssen.

„Wer... ist Ich?", fragt es.

„Ich. – Hm, ja... der Nachtrabe", sagt die Stimme.

Ah... der Nachtrabe. – Was es nicht alles gibt, denkt das Licht und hebt sich und versucht etwas zu sehen.

„Was machst du da?", fragt die Stimme.

„Ich? – Gar nichts, ich stehe hier nur."

„Und wo kommst du her?"

„Aus der Schachtel", sagt das Licht.

„Aus der...?"

„Ja, aus der Zündholzschachtel."

Es ist einen Augenblick still. – Die Stimme hört sich zum Fürchten an, denkt das Licht, aber seltsam, so sehr fürchte ich mich gar nicht mehr.

„Was ist ein Nachtrabe?", fragt es.

„Ich weiß nicht. – Ein Nachtrabe."

„Aber ich weiß nicht, was ein Nachtrabe ist."

„Schau aus dem Fenster, dann siehst du mich – nein, nicht da, hier bin ich" – es macht tock, tock an der Scheibe – „hier...!"

Das Licht sieht in das Dunkel. „Ich sehe nichts."

Tock, tock.... „Hier... hier bin ich."

Das Licht strengt sich an und sieht zu der Stelle, wo es tock, tock macht, und da sieht es den Nachtraben. Er ist ein großer, schwarzer Vogel, der einen großen, schwarzen Schnabel hat, mit dem er weiter gegen die Scheibe pocht: Tock tock... Er hockt draußen auf der Fensterbank.

„Ja, ich sehe dich", ruft das Licht. „Du bist ja ganz schwarz!"

„Wie sonst... ich bin ein Nachtrabe."

„Aber du gefällst mir." – Das Licht hat nun alle Angst verloren und streckt sich hoch. „Gefalle ich dir auch? Bin ich schön?"

Der Rabe antwortet nicht.

„Kann man mich gut sehen da draußen?"

„Ich weiß nicht."

„Du weißt nicht?", ruft das Licht erstaunt. „Siehst du mich denn nicht?"

„Ich darf nicht."

Das Licht strengt sich noch mehr an, und wirklich, es sieht, daß der Nachtrabe die Augen geschlossen hat. Schade, denkt es, so schön wie ich bin, und der Nachtrabe sieht mich nicht an.

„Du mußt nicht traurig sein", sagt der Nachtrabe.

„Ich darf dich nicht ansehen."

„Woher weißt du denn, daß ich hier bin?"

„Ich fühle, wo Licht ist, aber ansehen darf ich es nicht."

Beide schweigen; das ist seltsam in der Welt, denkt das Licht, warum darf man etwas so Schönes, wie ich es bin, nicht ansehen?

„Ich fühle, wie schön du bist", sagt der Rabe.

Das Licht strahlt; ihm ist als würde ihm noch etwas wärmer. „Warum darfst du nicht?", fragt es.

„Man hat es mir verboten."

„Wer?"

„Die Nacht."

„Die Nacht – ? – Wer ist die Nacht?"

„Ich stehe im Dienst der Nacht."

„Wer ist die Nacht?"

„Du weißt nicht, wer die Nacht ist?"

„Nein."

„Die Nacht ist meine Herrin."

„Was ist das?"

„Ich muß umherfliegen und Ausschau halten und ihr melden, wenn der Tag kommt."

„Der Tag?"

„Ja, der Tag – kennst du den auch nicht?"

„Nein", sagt das Licht.

„Was kennst du denn!", ruft der Nachtrabe.

„Nichts... nicht viel. – Weißt du, ich bin noch jung."

„Ja, dann... also der Tag – der Tag, ich weiß auch nicht... ja, der Tag ist der Bruder der Nacht – und dein Bruder ist er auch."

„Mein Bruder? – Was ist das?"

„Was ist das... was ist das! – Ihr gehört zusammen!"

„Wie sieht er denn aus?"

„Das weiß ich nicht, ich darf ihn nicht ansehen. Ich weiß nur, er ist groß, riesengroß und so hell wie du, und wenn er kommt, krächze ich laut, damit die Nacht mich hört, und dann fliege ich nach Westen in meine dunkle Höhle und schlafe, bis die Nacht wiederkommt."

„Mein Bruder...", murmelt das Licht. Es fängt an nachzudenken und stellt sich vor, wie der Tag wohl aussehen mag. Ob er so groß ist wie der dunkle Busch da draußen, den es zuletzt gesehen hat?

Es fragt sich das allen Ernstes und hängt so seinen Gedanken nach, daß es für eine Zeitlang nichts hört und sieht und auch nicht bemerkt, wie der Mann und die Kinder den Raum verlassen und bald darauf mit zwei Körben dicker Scheite Kaminholz und dürrem Reisig und Anmachholz zurückkommen.

Vielleicht ist der Tag sogar so groß wie einer der Bäume im Garten, denkt das Licht. „Riesengroß", hat der schwarze Kerl auf der Fensterbank gesagt, und was weiß es denn, wie groß „riesengroß" ist?

„He, Nachtrabe, bist du noch da?"

„Ja", krächzt der Rabe.

„Man sieht dich kaum. Du bist wirklich schwarz wie..."

„Wie ein Kohleneimer, ja...", lacht der Rabe.

Das Licht weiß natürlich nicht, was ein Kohleneimer ist, aber es lacht auch. „Du, Nachtrabe", fragt es dann, „ist der Tag mein Bruder, so wie die Kinder hier Brüder sind?"

Der Nachtrabe nickt: „Genau so – der Tag ist dein großer Bruder."

Das Licht denkt wieder nach. „Die Kinder haben Mama gesagt – was ist das?"

„Sie sagen zu ihrer Mutter Mama. Die Frau bei euch im Zimmer ist ihre Mutter."

„Ja, die Frau mit den schönen Augen. Sie hat schöne Augen, nicht?"

Nun weiß der Nachtrabe nicht, von was das Licht spricht, aber er sagt trotzdem: „Ja, schöne Augen..."

Das Licht schweigt.

„Du, Nachtrabe, habe ich auch eine Mutter?"

„Natürlich, jeder hat eine Mutter."

„Jeder? – Wer ist meine Mutter?"

„Deine Mutter – ? – Es wird still; der Nachtrabe denkt wohl nach. „Deine Mutter? – Das weiß ich nicht, das... das kann ich nicht wissen. Das muß ein ganz, ganz großes Licht sein, wo doch der Tag dein Bruder ist. Verstehst du, das kann ich nicht wissen."

Das Licht nickt. „Ja", sagt es und denkt wieder nach. „Du, Nachtrabe", ruft es plötzlich, „ist das vielleicht ein so großes Licht wie das da oben?"

„Wie...?"

„Meine Mutter, ist das ein so großes Licht wie das da oben?"

„Wo?"

„Da oben!"

Der Nachtrabe beginnt zu lachen. „Der da oben... ich glaube nicht, chacha..., daß der von irgendjemand die Mutter ist."

„Aber ist das nicht ein großes Licht?"

„Nein, nein, das muß viel größer sein... und heller... viel, viel heller; das ist doch der alte Mond, der ist nicht hell, den darf ich sogar ansehen."

„Der Mond? – Aber er sieht lustig aus."

„Ach, das ist ein komischer Kauz. Mal ist er dick und rund und dann wieder schmal und spitz... und deine Mutter ist er bestimmt nicht." Er lacht wieder. „Genug geschwätzt – ich muß weiter. Die Nacht sieht mich schon an."

„Die Nacht? – Ist sie denn hier?"

„Hier, natürlich! Und überall!"

„Wo denn?"

„Mach nur die Augen auf, dann siehst du sie."

Der Nachtrabe lacht wieder. Er schwingt sich vom Fensterbrett und schlägt mit den Flügeln. Er bewegt sie, ohne daß das Licht etwas hört, und schwebt dicht vor dem Fenster in der Luft.

> „Mach die Augen auf und sieh,
> Du hast Zeit bis in die Früh.
> Die Nacht ist dunkel, aber finster nicht,
> Mach die Augen auf, mein kleines Licht."

Der Nachtrabe fliegt weiter auf der Stelle. Plötzlich dreht er sich auf den Rücken, schlägt einen Purzelbaum und winkt mit dem rechten Flügel: „Wir sehen uns wieder", ruft er. „Ade!" – Und zwei Flügelschläge nur, und fort ist er, ganz ohne Geräusch.

Das Licht hat ihm staunend zugesehen. Der arme Kerl, denkt es dann, da muß er hinaus in die Dunkelheit; und kalt ist es sicher auch, brrr... so kalt wie in der Schachtel und vielleicht noch kälter. Dunkelheit und Kälte, das gehört bestimmt immer zusammen. Und obwohl ihm warm ist, fröstelt es plötzlich, doch mehr in sich drin und in Erinnerung an schlechte Zeiten. So kalt möchte ich es nie wieder haben, denkt es, nie wieder...

Dann denkt es über alles nach, was der Nachtrabe ihm erzählt hat, und natürlich wünscht es sich, seinen Bruder kennenzulernen und vor allem auch zu erfahren, wer seine Mutter ist. Wie kann man in dieser Welt sein und nicht wissen, wer seine Mutter ist? – Ich bin zwar noch jung, aber das sollte ich doch als erstes wissen. – Nur wie? – Wer kann es mir sagen? – Ich kenne niemanden, der es mir sagen kann, es bleibt wohl immer ein Geheimnis. Doch ehe das Licht nun traurig wird, besinnt es sich und denkt, alles löst sich zum Guten, wenn ich nur darauf hoffe – und das tut es dann.

Es sieht hinaus.

Im Garten ist nichts mehr zu erkennen. Nicht einmal den einsamen Busch beim Haus kann es noch sehen. Das ist ja schlimmer als in der Schachtel, noch dunkler – und dunkel, dunkel so weit man denken kann, brrr... Das Licht atmet flach und fröstelt noch mehr.

Diese Dunkelheit überall, denkt es, das graust einen ja.

„Es muß dich nicht grausen", hört es eine Stimme, und die Stimme ist freundlich.

Doch, es graust mich aber, denkt es – und dann erschreckt es. – Hat da jemand mit ihm gesprochen?

„Ja, ich habe zu dir gesprochen", sagt die Stimme.

Das Licht fällt fast von der Fensterbank. „Aber ich... ich habe doch gar nichts gesagt! – Kannst du Gedanken lesen?"

„Ja."

„Wer... wer bist du?"

„Die Nacht."

Das Licht wird abwechselnd blaß und rot. Es weiß nicht, was es denken oder sagen soll – und was kann es auch denken oder sagen! Es ist doch noch so ein junges Licht, das von den Dingen in dieser Welt nichts weiß, und von der Nacht und ihren Geheimnissen bestimmt am wenigsten.

„Hast du dich erschrocken?", hört es die Stimme – und was für eine seltsame Stimme! Das Licht kann nicht sagen, woher sie kommt, keinesfalls aus einer bestimmten Richtung. Sie scheint von überall zu kommen, wie ein Echo, das rundum zurückschallt, aber die Nacht spricht nicht wie ein Echo, nicht laut und hallend, es ist ein Flüstern, das von weit weg und gleichzeitig ganz nah kommt, und es scheint auch dem Licht, als würde es dieses Flüstern ganz anders aufnehmen als nur hören. Es geht von allen Seiten in es hinein und ist dann so, als würde es auf eine seltsame Art alles zum Schwingen bringen – ja, und eigentlich ist es so, als spräche die Nacht in dem Licht selbst.

„Hast du dich erschrocken?", fragt die Nacht erneut. „Du mußt keine Angst haben – ich bin deine Schwester."

Das Licht ist ganz wirr. Diese Stimme... und was hat sie gesagt? – ... deine Schwester, klingt es in ihm, ... deine Schwester... Schwester... Schwester...

„Du... du bist meine Schwester?!", ruft es und erschreckt, so laut schallt seine Stimme im Vergleich zum Flüstern der Nacht.

„Ja."

„Aber... wie – ich kenne dich nicht. In der... der Schachtel... wo bist du überhaupt? – In der Zündholzschachtel hatte ich viele Geschwister, aber die sprachen nicht so wie du, und die konnte ich sehen... und die konnten keine Gedanken lesen, nein, nein..." Das Licht versucht sich zu fassen.

„Nein, du bist nicht meine Schwester!" Ihm geht alles kreuz und quer durcheinander. Es atmet abwechselnd schnell und langsam, und seine Flamme beginnt zu blaken; ihm wird wieder übel, und es kann nun erst recht keinen klaren Gedanken fassen.

„Du bist nicht...!", ruft es, „ich will dich sehen!"
Wenn doch der Rabe hier wäre, der Nachtrabe,
denkt das Licht, ich könnte ihn fragen... oder habe
ich ihn gefragt? – Warum hat er mir nicht gesagt,
daß die Nacht meine Schwester ist? – Ich bin so
durcheinander... das stimmt nicht... so
durcheinander... „Wo bist du denn?"
„Hier", sagt die Nacht. „Ganz nah."
„Wo?"
„Du mußt sehen, richtig sehen."
„Aber besser kann ich nicht sehen, es ist so
dunkel."
„Du mußt anders sehen. Dann ist es nicht dunkel.
Vergiß nicht, du bist ein Licht."
Das Licht wendet sich ab. Was für ein Unsinn! –
Bestimmt träumt es oder bildet sich das alles nur
ein. ...Gedanken lesen – wer kann schon Gedanken
lesen! – Nein, diese dumme Blakerei hat es ganz
wirr gemacht. ... anders sehen – wie denn! Ha, es
wird jetzt tief und gleichmäßig atmen und sich
beruhigen, und der Spuk ist vorbei. Diese gruselige
Dunkelheit, von Anfang an ist sie ihm gruselig
gewesen, nein, gar nicht hinsehen...
Das Licht sieht in das Zimmer, und sofort hat es
das Gefühl, es geht ihm besser. – Und es macht
schließlich einen Unterschied, in einen erleuchteten
Raum zu sehen statt in diese angstmachende, kalte
Dunkelheit. Dafür ist es eben ein Licht, und an der
schönen Stehleuchte beim Wohnzimmertisch
würde jedermann seine Freude haben. Sie gibt eine

warme, durch einen seidenen Schirm rötlich gefärbte Helligkeit von sich, und das Licht sieht in dieses milde Rot hinein.

Ihm wird ganz leicht. Es denkt an seine Mutter und meint, so wie die Stehlampe kann sie vielleicht aussehen. Dann denkt es kurz an die Nacht, und es schüttelt den Kopf: – Gedanken lesen...!

Sein Blick geht zu den anderen Leuchten im Raum. Es sind zwei, und sie sind an der Wand ihm gegenüber. Sie machen ein helleres Licht, das von schmiedeeisernen Ringen eingefaßt ist. Darunter auf einer Bank sitzen die beiden Kinder.

Das Licht sieht sie an. Sie sitzen auf der Bank, die Beine hochgezogen und Rücken an Rücken. Sie halten jeder ein Buch in den Händen und lesen. Sie sitzen ganz still; nur manchmal kichert das jüngere, und das andere knufft es dann ohne aufzusehen mit dem Ellbogen in die Seite.

Das Licht sieht wieder in die beiden Leuchten.

Wo meine Geschwister aus der Zündholzschachtel wohl geblieben sind, denkt es. Wir waren auch so dicht beieinander; und lieb gehabt haben wir uns auch. Jeder von uns wollte zwar möglichst als erster aus der Schachtel heraus, aber was war das schließlich für ein Leben darin, und ich bin keinem böse, daß ich als letztes zurückbleiben mußte. Und jedesmal waren wir traurig, wenn eins von uns die anderen verließ, und freuten uns auch, daß es nun ein Licht wurde und nicht mehr frieren mußte. – Was wohl aus ihnen geworden ist? Ob ich sie eines

Tages wiedersehe und bei ihnen bleiben kann? – Ist das vielleicht meine neue Sehnsucht? Und ist sie darum so unbestimmt, weil ich nichts sehe, das mich wieder mit ihnen zusammenbringen kann?

Das Licht sieht auf die Kinder. Es wird traurig, als es sie so still beieinander sitzen sieht, und denkt, es ist schlimm, allein zu sein und sich von jemand, den man lieb hat, trennen zu müssen; und ihm fällt ein, daß es sich zum erstenmal, seit es selbst ein Licht ist, an seine Geschwister erinnert hat. Wie denn auch, denkt es, ich hatte ja bisher keine Gelegenheit dazu; und dann wird es ehrlich gegen sich selbst und sagt: „Nein, so ist es nicht. Ich habe nur mich und meine Schönheit gesehen, das ist der wahre Grund." – und sagt es zu sich selbst und ist böse mit sich.

Man darf nicht nur sich und seine Schönheit sehen; es ist viel schöner, jemanden lieb zu haben und zu wissen, daß jemand dich auch lieb hat. Und wenn es nur *ein* Bruder oder *eine* Schwester wäre, man ist dann nicht mehr allein, und sie selber ebenfalls nicht. Aber ich hätte gern *alle* meine Geschwister wieder bei mir – und auch den Tag. Den Tag würde ich auch liebhaben, wenn es stimmt, was der Nachtrabe gesagt hat, wenn der Tag wirklich mein großer Bruder ist. Oder eine große Schwester – ja, eine große Schwester möchte ich haben. Wenn ich schon nicht weiß, wer meine Mutter ist, würde ich gern eine große Schwester haben. Das ist bestimmt so oder fast so, als wüßte man, wer seine Mutter ist.

„Das ist wahr", sagt die Stimme, die eigentlich in ihm selbst spricht.

Das Licht träumt weiter vor sich hin..– Ja, einen großen Bruder und eine große Schwester möchte ich haben und alle meine Geschwister aus der Schachtel wiedersehen. Bestimmt sind sie Lichter geworden, wie ich eins bin, und denken jetzt an mich wie ich an sie.

„Dreh dich um", sagt die freundliche Stimme, „und sieh mich an."

... sieh mich an... mich an... an... an... klingt es im Licht, und dies Schwingen der Stimme, das sein Inneres so rührt, und die Sehnsucht seines Träumens verbinden sich zu *einem* Klang der Freude.

Das Licht dreht sich um. Wie von Zauberhand gedreht, ohne recht zu wissen, was es tut, dreht es sich um. Es sieht hinaus in die Dunkelheit, und es sieht – es sieht die Nacht.

„Oooh", macht das Licht und kommt nun zu sich.

Draußen ist noch alles so wie vorher. Dem Licht aber scheint es, als habe sich die Dunkelheit gehoben, ja, als würde es mit seinem kleinen Schein die ganze große Dunkelheit dort draußen erhellen, und wo es vorher nur schwarz und schwarz gesehen hat, erkennt es nun... die Nacht.

Die Nacht ist ebenfalls dunkel, nicht richtig dunkel, kein Dunkel, in dem man nichts sieht, vielmehr ein solches Dunkel, als wäre es ein Licht, als wäre tief in ihm verborgen ein Licht, das durch alle

Dunkelheit hindurchschimmert. Dem Licht ist, als hätte es ein solches Dunkel bereits gesehen, und dann fällt ihm ein – die Augen der Frau, natürlich, die dunklen Augen der Frau, tief, tief wie hier vor ihm die Tiefe der Nacht und ganz in der Tiefe dies Licht, das macht, daß die Dunkelheit nicht stumpf ist und abweisend, sondern daß sie aus sich heraus spricht, wenn auch geheimnisvoll.

Von dieser Art Dunkelheit ist die Nacht. Das Licht sieht, daß sie ein weites, weites und lang fallendes Gewand mit vielen Falten trägt. Sie schimmern dunkler als das Gewand selbst, und sicherlich hat sie darin alle ihre Geheimnisse verborgen. Noch dunkler schimmern ihre Haare, eine Welle von Haaren, die ihr vom Kopf herabfließt, hinab bis zu den Hüften und auch ins Gesicht, so daß das Licht es kaum erkennen kann. Dennoch sieht – nein, eigentlich sieht das Licht es nicht, es weiß einfach, daß die Nacht es gütig und freundlich anblickt. Ihm ist, als sähe es ein Lächeln auf ihren Lippen, ein Lächeln, das so ist wie die Stimme der Nacht und das dem Licht gut tut, daß es leise seufzt.

Es steht und sieht.

Die Dunkelheit ist die Nacht. Aber es ist noch viel, viel mehr, nicht nur die Dunkelheit. Das Licht fühlt, daß alles, was es im Herzen hat, ebenso in der Nacht ist, daß, wer auch immer ein Herz hat und damit fühlt, und was er fühlt, es in der Nacht findet, und es ahnt, warum die Nacht Gedanken lesen kann. Es ahnt, daß die Dunkelheit, in der es vorher nichts hat sehen können, ein wenig vielleicht eine Dunkelheit in seinem Hezen gewesen ist und daß der Schein seines Lichts nicht so sehr die Dunkelheit draußen, sondern die in seinem Herzen erhellt hat und daß nur der, der ein wenig Licht in die Dunkelheit in seinem Herzen bringt, jede Dunkelheit erhellt und sich vor keiner mehr fürchten muß.

„Ich wollte sagen, daß du schön bist", sagt das Licht, „aber ich sage es nicht."

Die Nacht lächelt. „Das ist auch nicht so wichtig."

„Nein, es ist nicht wichtig, aber für mich war es das Wichtigste."

„Mach dir keine Vorwürfe, du weißt jetzt, worauf es ankommt."

„Ja, ich weiß es – und bist du wirklich meine Schwester?"

Die Nacht nickt mit dem Kopf, daß ihre Haare sich leise bewegen.

Das Licht überlegt. „Und der Tag ist dein Bruder?"

„Ja."

Das Licht denkt weiter nach. „Nacht?"

„Ja?"

„Ich weiß jetzt, daß du meine Schwester bist."

„Ja?"

„Ja. – Der Tag ist mein Bruder, hat der Nachtrabe gesagt – stimmt das?"

„Ja."

„Und der Tag ist auch dein Bruder – und dann bist du meine Schwester, wirklich meine Schwester!"

„Ja, ich bin deine Schwester."

Wie glücklich ist das Licht, eine Schwester gefunden zu haben, eine so große Schwester, und nicht mehr allein zu sein auf der Welt. Am liebsten würde es laut jubeln, doch ihm fällt sein Bruder, der Tag, ein, und es muß an ihn denken. „Schwester", sagt es, „ist es wahr, daß der Rabe dir melden muß, wenn der Tag kommt?"

„Ja, es ist wahr."

„Das ist nicht schön", sagt das Licht traurig, „daß ihr euch nicht sehen dürft."

„Wir dürfen uns sehen, liebes Licht. Wir dürfen nur nicht zusammenbleiben. Immer wenn wir uns treffen, umarmen wir uns; und die Zeit, wenn wir uns umarmen, ist die Abenddämmerung und die Morgenröte, und beide sind darum so schön, weil wir uns über unser Wiedersehen freuen." Die Nacht lächelt. „Sei nicht traurig, kleines Licht, wir haben uns daran gewöhnt und haben uns darum nicht weniger lieb. Wenn ich auf dieser Seite der Erde bin, ist der Tag auf der anderen, und ist der Tag hier, dann bin ich im Rücken der Erde. Das war so und wird immer sein – und muß so sein."

„Muß so sein?"

„Ja, denk nur an die Kinder und Blumen und all die Tiere – wie könnten die sonst richtig schlafen."

Das sieht das Licht ein, und es fragt die Schwester, ob es auch schlafen müsse, es sei nämlich nicht ein bißchen müde, aber die Nacht sagt, alle müßten schlafen und das Licht ebenso. Darüber bekommt es einen Schreck. „Dürfen wir denn nicht zusammensein, so wie du und der Tag?", fragt es.

„Doch", sagt die Nacht. Sie hebt ihre Stimme etwas: „Doch, wir gehören zusammen; und jetzt, wo du mich sehen kannst, werden wir für immer zusammenbleiben. Immer, hörst du? – Wo ich nicht bin, da bist auch du nicht, und wo man mich nicht sieht, wird man auch dich nicht sehen."

„Immer?", fragt das Licht.

"Immer."

Nun ist das Licht erst richtig glücklich. Eine Schwester, eine große Schwester, so groß wie die Nacht!

Doch eins begreift es noch nicht, und es fragt sich und dann die Schwester, warum die Nacht und der Tag, wenn sie denn wirklich so groß sind, wie es denkt, daß sie groß sind, nicht einfach tun, wie ihnen beliebt, und wer ihnen verbietet, beisammen zu sein. Zuerst schweigt die Nacht, und dann sagt sie: „Unsere Mutter."

Das Licht schaut der Nacht ins Gesicht. Es ist freundlich und mild wie zuvor. „Du weißt, wer unsere – Mutter ist?"

„Ja", sagt die Nacht.

„Aber dann...", will das Licht rufen, „dann..." – doch es fühlt die Kerze umfaßt und ergriffen und kann gar nicht sagen, von wem, so schnell geht es, und will rufen: „Schwester... Schwester..., du hast doch gesagt... Hilfe...!", aber es wird so schnell durchs Zimmer getragen, daß es keine Luft mehr bekommt und ihm wirklich die Sinne schwinden und sein letzter Gedanke ist: „Aus... es ist aus... liebe Schwester – aus...“

Als das Licht wieder zu sich kommt, weiß es nicht, was mit ihm geschehen ist.

Das erste, was es wahrnimmt, ist ein Geräusch: Ein seltsames Knistern und Knacken, das es noch nie gehört hat.

Und dann muß das Licht schrecklich husten; es versucht sich umzuschauen, wo es ist, kann aber nichts sehen. Alles um es herum ist voller Qualm, dichter Qualm, der ihm die Luft nimmt, und es keucht: „Luft... ich kriege keine Luft“, und dann hört es die Stimme des Mannes, weit weg durch den Qualm, und er sagt: „Pusten... es geht aus – du mußt mehr pusten!“ und dann muß es wieder schrecklich husten und hört gar nichts mehr, dies seltsame Geräusch nicht, den Mann nicht, und sieht nichts und verliert erneut die Besinnung.

Als es dann wieder zu sich kommt, hört es das Geräusch wie vorher, nur stärker jetzt. Das Knistern ist lebhafter und ab und zu ein Knacken wie ein kleiner Schuß; und so fremd das Geräusch ist, kommt es ihm doch vertraut vor, und es meint, es von irgendwoher zu kennen. Es kann jetzt auch atmen, ohne husten zu müssen, doch sich umzusehen wagt es noch nicht.

Was ist nur geschehen, denkt es, und wo bin ich?

Es versucht sich zu erinnern, was gewesen ist, aber alles ist ein einziges großes Durcheinander: Der

schwarze Schnabel des Nachtraben und sein Tock–
tock am Fenster, die Stimme der Nacht: „Hast du
dich erschrocken?" – und „...dich erschrocken? ...
erschrocken? ... schrocken?" schwingt es immerfort
in ihm weiter und dazu die Stimme des Mannes: „...
pusten... pusten... es geht aus!", und dann der
dunkle Busch beim Haus, der wie ein großes Maul
sich auftut und es fressen will – „Nein!", ruft es.
„Nicht – ! Ich habe Angst...!"
„Huiii", macht es neben ihm. „Huiii..."
Das Licht erschreckt sich zu Tode und fällt fast
wieder in Ohnmacht. Es will sich verstecken – nur
wo... wo – und dann ist ihm, als spüre es plötzlich
wieder alle Wärme, die es vorher, als es auf dem
Tisch und der Fensterbank stand, gespürt hat und
die so gut war.
„Huiii", macht es wieder, „huiii, huiii..."; und mit
jedem Huiii kehrt das alte Leben in das Licht
zurück, und wäre nicht noch die Angst, diese
augenverschließende Angst, so würde es glauben,
seine Lebensflamme sei sogar kräftiger und größer
als vorher.
„Huiii", sagt es über ihm und etwas leiser diesmal,
„sieh mich an."
Das Licht duckt sich, als es die Stimme so dicht
über sich vernimmt.
„Huiii, ich bin der Wind."
Wer du auch sein magst, denkt das Licht, ich sehe
dich nicht an.

„Du mußt keine Angst haben. Huiii... ich bin der
Wind... ich bin dein Freund... alles ist gut."
Das Licht macht sich Mut und holt tief Luft.
Vorsichtig, ganz vorsichtig sieht es auf – und sofort
wieder weg.
Rechts neben ihm hockt ein wilder Kerl – oder ist
es links? – Oder über ihm? – Das Licht vermag es
nicht zu sagen; der Kerl kann anscheinend nicht
still sitzen, dauernd ist er in Bewegung. Nur soviel
hat es sicher erkannt, daß er wild anzuschauen ist.
Vorsichtig sieht es wieder auf und blinzelt. Der
Kerl trägt ein altes, weites Gewand, das überall
ausgefranst ist und über und über mit Flicken
besetzt. Es weht um ihn herum wie in einer ständig
wechselnden Strömung von Luft und weht hin und
her und auf und nieder. Dabei kreist er unentwegt
mit den Armen, die in ebenfalls ausgefransten und
geflickten, weiten, weiten Ärmeln stecken; und
beide, Gewand wie Ärmel, haben trotz der Flicken
noch so viele Löcher, daß das Licht sich wundert,
wie alles zusammenhält. Unmittelbar auf dem
Gewand, so als hätte er keinen Hals, sitzt der Kopf,
ja, der Kopf, und der ist am wildesten anzusehen.
Ein großer, runder Kopf, rund wie ein Ball, mit
dicken, dicken Backen; und überall vom Kopf
stehen ihm wirr–rote Haare ab, und im Gesicht
trägt er einen ebensolchen wirr–roten, strubbligen
Bart. So rund ist sein Kopf und so dick die Backen,
daß man kaum seine Augen und die Nase erkennen
kann, und da, wo man neben dem Bart von seinem

Gesicht noch ein wenig sieht, ist es voller roter Sommersprossen. Wie alt der Kerl ist, und ob er überhaupt ein Alter hat, das kann gewiß niemand sagen. – Ja, und dieser Malefizkerl, der sich Wind nennt, weht mit seinem weiten Gewand und den ebenso weiten Ärmeln um das Licht herum. Eigentlich müßte es sich bei seinem Anblick noch mehr fürchten, doch seltsam, je länger es ihn ansieht, desto weniger hat es noch Angst. Vielmehr schleicht sich ein Gefühl von Zutraulichkeit bei ihm ein, und dies Gefühl wird so stark wie dem Raben gegenüber.

„He, du", sagt es leise.

„Ooiih", macht der Wind, und es hört sich freudig an. Sogleich macht er seine Backen ein wenig dicker und bläst; und weht mit dem Gewand und den Ärmeln, und das Licht spürt, wie er ihm mit seinem Pusten und Wehen neues Leben einhaucht, und es seufzt und schließt vor Behagen die Augen.

„Huiii, hehe, nicht wieder schlappmachen!", ruft der Wind.

Das Licht lächelt. „Ist schon gut", sagt es.

„Puuhh...", bläst der Wind; und jedesmal, wenn er bläst, wird das Knistern und Knacken um das Licht herum lauter.

„Was sind das für Geräusche?", fragt es.

„Das ist das Holz."

„Das Holz?"

„Jaaa... du bist jetzt ein richtiges Feuer. Du hast das Holz im Kamin angezündet; da brennst du weiter und aus deiner einen Flamme sind viele geworden."

„Ich bin ein – Feuer?"

„Ja, ein richtiges Feuer."

Das Licht, das nun ein Feuer ist, schweigt. „Warum seufst und knistert und knackt das Holz?", fragt es dann. „Tut ihm das Brennen weh?"

„Neiiin", lacht der Wind. „Es seufzt und knackt vor Behagen; deine Wärme tut ihm wohl. Huiii... und mir auch.!" Er schüttelt sich. „Huu... was war es doch kalt draußen!"

Und dann ist es dem Feuerlicht, als halte der Wind still und kuschele sich dicht an seine Wärme heran. Ja, tatsächlich – der Wind hat sich hingelegt. Ganz dicht liegt er bei ihm und wärmt sich, wie man so sagt, den Pelz. Es legt seine Feuerarme um ihn und hört, wie er anfängt zu schnurren – ja, dieser wilde Kerl schnurrt, schnurrt ganz so wie ein kleines Kätzchen. „Ist dir noch kalt?", fragt es, aber der Wind antwortet nicht und schnurrt weiter.

Das Feuerlicht sieht sich um.

Ja, es brennt im Kamin. Es ist ganz hell darin, und wo es auch hinsieht, zucken und züngeln seine Flammenspitzen. Ihm wird ganz eigen zumute, als es das sieht, und es weiß nicht, was für ein Gefühl es überkommt. Es merkt nur, soviel Wärme und Helligkeit hat es noch nie gehabt.

Es sieht hinaus in den Raum. Vor dem Kamin sitzen die Frau und der Mann und die Kinder. Sie schweigen und blicken alle in das Feuer. Wenn es genau hinsieht, sieht es seine Flammen in ihren Augen hüpfen und springen, und darüber freut es sich.

„Du, Wind", sagt es.

„Hmm", brummt der Wind.

„Weißt du, wie das ist?"

„Was?"

„Sind die Augen der Menschen auch Lichter?"

„Ich weiß nicht."

„Was meinst du?"

„Vielleicht – woher soll ich das wissen; und denk nicht soviel nach."

Aber das Feuerlicht muß an seine Schwester denken. Wie soll es je mit der Nacht wieder zusammenkommen? – Vor den Fenstern sind die Vorhänge zugezogen, und was draußen ist, kann es nicht sehen. Ob die Nacht es wohl irgendwie sieht?

„Du, Wind."

„Hmm."

„Bin ich denn nun kein Lichtlein mehr?"

„Was?" – Der Wind springt hoch. „Könnte ein Kerl wie ich sich an einem Lichtlein wärmen!" Er macht dicke Backen und bläst. „Puuhh... möchtest du größer sein? – Huiii...!"

Das Holz glüht auf. Aus der Glut heraus schießen neue Flammen, das Holz zerspringt, und die Funken stieben zum Schornstein hinaus.

„O, nicht so wild", lacht das Feuer, und seine Augen sprühen.

„Puuhh... einmal noch", pustet der Wind. Er lacht:
„Komm, wärm mich wieder, ich muß noch etwas
ausruhen" – und er legt sich breit hin. „Nein, du
bist kein Lichtlein mehr", sagt er, „du bist ein
Feuer – siehst du, eins, das die Menschen wärmt...
und mich auch, beim Fell des Eisbären."
Das Feuer umarmt den Wind wieder. „Weißt du,
als ich ein Kerzenlicht war, stand ich da auf dem
Tisch, und die Frau, die Frau mit den schönen
Augen hat mich angesehen. Sie hat mich
angesehen, als würde ich sie wärmen – verstehst du
das?"
„Die Menschen sind seltsam", sagt der Wind. „Ha,
mich hättest du nicht wärmen können. Aber
vielleicht... vielleicht haben sie etwas, daß sie sich
an einem Licht wärmen können. Ich glaube...", er
denkt nach, „ja, ich glaube, die Menschen haben
Angst vor der Nacht."
„Kennst du die Nacht?", ruft das Feuer.
„Ja."
„Sie ist meine Schwester!"
„Ich weiß."
„Wo ist sie?"
Der Wind schaut verständnislos drein. „Wo – ? –
Überall – draußen..."
Das Feuerlicht ist enttäuscht, was hilft ihm das
weiter! Wenn es nur wüßte, wie es mit der Nacht
wieder zusammenkommt.
„Ja, die Nacht ist draußen", sagt der Wind, „sie ist
noch da. Weißt du", er räuspert sich, „daß ein paar

Funken fliegen, „weißt du, ich komme überall herum in der Welt, ich sause über Länder und Meere. Ich stiebe durch Städte und Dörfer und schaue durch viele Fenster, und die Nacht ist oft bei mir. Und siehst du, liebes Feuer, aus dem kalten Norden, wo ewige Nacht ist und sogar die Eisberge frieren, komme ich heute, und morgen muß ich wieder dorthin zurück, und darum...", er drückt sich noch enger an das Feuer, „darum ist deine Wärme so gut" – und vor Wohlbehagen schließt er halb seine Augen, daß das Feuer sie unter dem Bart— und Haargewirr nun wirklich nicht mehr erkennen kann.

So liegen sie aneinandergekuschelt. – Das Feuer zügelt seine Flammen, daß sie kaum noch an den Holzscheiten züngeln, und verzehrt sie mit seiner roten Glut. Es wird so heiß, daß die Kaminsteine anfangen zu stöhnen, aber der Wind fühlt sich wohl. Er erzählt von seinen Abenteuern, die er in all den Ländern dieser Welt, durch die er weht, erlebt hat, und zwischendurch kommt der Mann und legt ein paar neue Scheite auf.

Hei, ist das ein Spaß! – Die Funken schrecken auf und stieben zur Seite, und das neue Holz schmückt sich mit blauen Flämmchen und gelben Flammen und mag schier zerspringen vor Freude; und ein Scheit ist dabei, ein richtiger Kloben, der ist inseitig noch etwas feucht, und er fängt an zu singen; ein Singen, das anfangs mehr ein Gezisch ist und sich dann in hohen Tönen ergeht, aber es hat eine hübsche Melodie; und dann fängt auch er an zu seufzen und zu knacken und sich lang zu strecken wie ein Jagdhund am warmen Ofen.

Das Feuer und der Wind haben dem Singen zugehört. Eine wirklich schöne Melodie, denken beide. Was so ein Kloben doch alles kann, und soviel feine Art haben sie ihm nicht zugetraut.

Dann fängt der Wind erneut an zu erzählen.

Er erzählt, wie er die Schwalben und Störche auf ihrem Weg nach Süden begleitet und die Stare und Kraniche wieder zurück. Er erzählt von riesigen, Glut und Hitze speienden Vulkanen, daß das Feuer sich wieder ganz klein vorkommt, und wie er mit hohen Bergen, den allerhöchsten Majestäten sogar zur Tafel sitzt und die Schneewolken ihnen auftragen und sie Eiszapfen essen und als Nachspeise Gletschereis, daß es zwischen ihren Zähnen nur so knackt. Aber dabei schauert er in Gedanken an die Kälte des Nordens zusammen, und er beginnt wieder, Geschichten aus wärmeren Ländern zu erzählen. –

Die Kinder sind lange zu Bett gegangen und die Frau und der Mann ebenfalls. Selbst der Wind zwinkert schon mit den Augen, und ab und zu fällt ihm eines zu. Das sieht zu komisch aus; das Feuerlicht sieht es, und es selbst wird doch auch ständig müder und nickt zwischendurch ein. Der Wind hört auf zu erzählen und schnurrt nur noch.

Doch als beide gerade in Schlaf sinken wollen, werden sie hochgeschreckt.

Laut, laut kräht es durch den Schornstein zu ihnen hinab: „Kikeriki...!", und noch einmal, laut und heiser: „Kikeriki...!"

Der Wind springt mit einem Satz hoch. Sein Gewand flattert, er kreist mit den Armen. „Wie – ? Was – ?" schreit er.

Und von oben erneut die heisere Stimme: „Kikerikiii...!"

Der Wind reißt die Augen so weit auf, wie es das Licht noch nicht gesehen hat; er torkelt und kobolzt im Kamin, daß die Funken nur so stieben.

Und wieder von oben:

> „Kikeriki...!
> Es ist in der Früh!
> Geschwind, geschwind,
> Erhebe dich, Wind!
> Kikerikiii...!"

Der Wind heult: „Ooh... oohhh..." Er rafft sein Gewand und huiii... und hast–du–nicht–gesehn und ohne ein Wort noch saust er aus dem Schornstein hinaus, und hinter ihm her dies „Kikeriki".

Das Feuer ist völlig verdattert. Durch das Sausen des Windes ist es wieder entflammt. Was ist nur geschehen? – Was hat der Wind? – Ist er wirklich so Hals über Kopf und ohne Abschied davon?

Es sieht sich um. Seine Flammen beleuchten den Kamin, aber so sehr es auch schaut, der Wind ist fort. Und während es noch versucht, sich zu besinnen, kommt durch den Schornstein hinab ein krächzendes Lachen, das nicht mehr aufhören will – und das es gut kennt.

Das Feuer wird böse. „Du bist das!", ruft es.

„Chacha... ja, ich... chachacha..."

Und das Feuerlicht wird traurig. – Und ist nicht auch alles traurig? – Seine Geschwister aus der Schachtel sind weg, es weiß nicht, wo; seine große Schwester hat es verloren und weiß nicht, wie sie wiederfinden; und nun kommt noch dieser Tölpel und verscheucht den Wind, mit dem es sich so gut verstanden hat.

Der Nachtrabe hört auf zu lachen. „Was hast du?", ruft er hinab.

„Geh weg, du bist böse."

„Aber ich... ich wollte doch nur mit dir reden. – Und dieser Kerl... der schwätzt und schwätzt, ich kenne ihn doch, der schwätzt die ganze Nacht und ich... ich habe „Kikeriki" gerufen, damit er..."

Und nun wird der Nachtrabe traurig, weil er dem Feuerlicht weh getan hat, und er fängt an zu weinen. Aber er weint ganz still, und würden nicht ein paar Tränen den Schornstein hinunter und ins Feuer fallen, daß es leise zischt, so würde es das gar nicht merken. Doch als es nun „zsch" macht und wieder „zsch", da weiß es, daß der Nachtrabe mit seinem „Kikeriki" den Wind nur darum getäuscht und verscheucht hat, weil er auch mit ihm reden und bei ihm sein wollte. Und so ruft es hinauf: „Ist schon gut, du dummer Kerl. Du bist nicht böse."

Aber der Nachtrabe hört es nicht mehr. Lautlos weinend ist er davongeflogen, und als das Feuerlicht es merkt, möchte es am liebsten, wenn es nur könnte, auch weinen, aber das kann ein Feuer natürlich nicht.

Nun ist es ganz allein, zum erstenmal, seit es Licht und Flamme ist, ganz allein. Nicht einmal die Menschen sind noch da. Aber in ihm wäre nicht noch immer unser Lichtlein aus dem Streichholzkopf, wenn es nicht doch wieder Hoffnung fassen würde. Und hat nicht auch der Wind, als er von seinen Abenteuern sprach, gesagt: „Nichts wird so heiß gegessen, wie es gekocht wird?" – Ja, genauso hat er gesagt, und dabei mit seinem Blasebalglachen, das immer alle Funken in Aufregung versetzte, gelacht.

Und was hat er nicht alles für Abenteuer erlebt, ohne gleich bei Bedrängnissen die Hoffnung zu verlieren. Von Geistern hat er erzählt – Geistern, die über wasserdunklen Löchern der Moore wabern; ganz leise von Erlenbusch zu Erlenbusch schleicht er sich, wenn er darüber hin muß; und von Irrlichtern auch – Irrlichter...! – , die den Wanderer zu den Löchern locken, wo er langsam im glucksenden Grund versinkt. – Das Licht schüttelt sich: Irrlichter...! Uuhh, wie scheußlich! – Ja, und von den Ruinen alter Schlösser und Burgen hat er gesprochen, durch die er heulend pfeift, um sich

Mut zu machen, wenn um Mitternacht die Gespenster erwachen und mit ihren Ketten und abgeschlagenen Köpfen rasseln – huuh, das Feuer schaudert es und ihm wird kalt. Es will nicht weiter an so gruselige Dinge denken, und hier im Kamin sind gewiß keine Geister und ebenso keine Gespenster; nein, es braucht keine Angst zu haben.

„Doing", macht es aus einer Ecke des Zimmers.

Das Feuerlicht erschreckt.

"Doing... doing...", macht es wieder; und dann schnarrt etwas: „Schnrr.. schnrr... klick!"

Das Feuer hält den Atem an. Gibt es hier doch Gespenster?

Es starrt in die Ecke, aus der die Geräusche gekommen sind. Sein Schein reicht nicht mehr so weit – hinter dem großen Schrank, den es gerade noch sieht, da muß es sein. Wenn doch der Wind da wäre, denkt es, oder wenigstens der Nachtrabe.

Es atmet ganz leise und hält dann wieder die Luft an, so daß es in der Ecke zum Schrank hin noch dusterer wird.

Und jetzt – jetzt hört es etwas, das es eigentlich schon länger gehört, jedoch nicht richtig wahrgenommen hat: „Tick–tack... tick–tack... tick–tack..."

Doch – dies Tick–tack ist immmer dagewesen und nicht auch manchmal dies Doing? – Bei all dem Sinnverwirrenden, das das Licht schon erlebt hat, ist es sich aber nicht sicher.

„In Ewigkeit", sagt eine müde Stimme.

Das Feuerlicht starrt weiter in die Ecke. Ja, die Geräusche und die Stimme kommen von dort.

„Es freut mich, daß du mich endlich bemerkst."

„Wer bist du?", fragt das Licht.

„Ich bin die Zeit."

Wer ist denn das nun wieder, denkt das Feuer. Die Zeit... ob sie ein Gespenst ist? – „Wo bist du?", fragt es.

„Hier in der Ecke. Wenn du etwas heller scheinen würdest, könntest du mich sehen." Und nach einer Pause und noch etwas müder: „Nein, das ist Unsinn, was rede ich für einen Unsinn, natürlich kannst du mich nicht sehen. Ich fange nur wieder an, denselben Unsinn zu erzählen wie die Menschen. Glaub den Menschen nicht. Sie reden so, wie sie's verstehen. Sie denken, wenn sie einen Kasten aufstellen, der tick–tack macht und manchmal doing, dann sei das die Zeit, haha..."

Die Stimme lacht auf eine Weise, daß man nicht weiß, lacht sie wirklich oder weint sie vielleicht.

„Sie denken, ich sei ein Raubtier, daß sie in einen Kasten einsperren müssen, weil es ihnen die Stunden und Tage und das ganze Leben wegfrißt. Aber sie können mich nicht einsperren. Ich bin überall, nicht allein in dem Kasten, den sie Uhr nennen. Sie sperren sich nur selber ein, wenn sie mich nach Stunden einteilen wollen, haha..., lächerlich, sie rauben sich selbst ihre Stunden mit all dem Unsinn, den sie tun, und sie fangen sich selbst in ihrem Käfig von Stunden, weil sie vor ihrer letzten immer Angst haben."

Die Stimme ist zum Schluß etwas lauter geworden, und das Feuer weiß nicht, was es sagen soll.

„Du brauchst nichts zu sagen", hört es. „Was willst du auch sagen, so ein junges Ding."

Die Stimme klingt wieder so müde wie zu Anfang, und dann ist Stille bis auf dies dauernde, wie vor sich selbst davonlaufende Tick–tack... tick–tack... tick–tack...

„O, ich bin alt, ich bin so alt, ich weiß selbst nicht, wie alt ich bin; und ich bin jung, so jung wie im ersten Augenblick der Welt und jünger noch als du. Aber denk nicht darüber nach, was ich rede, denk, es ist Unsinn. Wer über mich nachdenken will, nimmt sich viel zu wichtig – ja, die Menschen... Nur sehen kannst du mich wirklich nicht, das ist wahr, und diese alte Uhr hier – lächerlich, einfach lächerlich..."

Dem Feuerlicht ist unbehaglich. Es hat keine Angst mehr wie zu Anfang, als es die ersten Geräusche gehört und an Gespenster gedacht hat, doch wohl ist ihm nicht. Die Zeit spricht so seltsam, daß es gar nichts versteht.

„Ich bin", sagt die Zeit. „Ich bin das einzige, das immer ist. Alles wird alt und stirbt, und Neues kommt, das wird auch wieder alt und stirbt, sogar die Erde und sogar – die Sonne."

Die Sonne...

Dem Feuerlicht geht es durch und durch – was ist das nur?

„Sogar die – Sonne...?", spricht es zitternd nach.

„Ja, sogar die Sonne... deine Mutter", hört es.

Und hört es oder hört es auch nicht und weiß – ja, weiß es wirklich – weiß bei der ersten Erwähnung schon, wer die Sonne ist. Weiß, daß die Sonne seine Mutter ist und ist plötzlich so aufgeregt, daß es sich wieder mit dem Atmen verhaspelt und anfängt zu qualmen. Rauch steigt hoch, und es muß husten und wünscht sich, daß es weinen könnte. Natürlich nicht wegen des Rauchs, sondern vor Freude darüber, daß es nun weiß, wer seine Mutter ist.

„Die Sonne – ?!", ruft es, so gut es kann und holt tief Luft und will noch einmal „die Sonne – ?!" rufen, doch der Rauch hindert es, und so hustet und qualmt es und ist erbärmlich anzusehen, und ist dennoch glücklich wie nie zuvor. „O, du liebe Zeit", ruft es, „du liebe Zeit, ich möchte dich so gern umarmen!"

„Den alten Kasten hier könntest du schon umarmen. Das gäbe ein lustiges Feuerchen, und es wäre nicht schade um ihn"" sagt die Zeit; und könnte man sie sehen, so würde man bemerken, daß sie lächelt. Denn abgesehen davon, daß sie selbst die schönsten Frauen nicht schön bleiben läßt und ihnen Runzeln und Falten macht, ist sie nicht eigentlich böse, nur immer müde, so schrecklich müde und weise, vor allem nachts, wenn auch die meisten Menschen weise sind.

Ja, und dann erfährt das Feuerlicht von der Zeit alles, was es über seine Mutter wissen will. Die Zeit weiß nämlich alles, sie weiß wirklich alles, und auch da meinen viele Menschen sich nicht von ihr zu unterscheiden, besonders am Tage. Aber das interessiert das Feuerlicht natürlich nicht; es will nur wissen, wer seine Mutter ist und wie sie aussieht und was sie tut.

Und so erfährt es dann, daß die Sonne das Licht der Lichter ist, ungeheuer groß und hell und heiß, und daß sie schon so lange dort oben am Himmel scheint, daß sogar die Zeit sich ein bißchen anstrengen muß, um sich zu besinnen, wie lange schon. „Ja, ja", nickt sie, „lange, sehr lange..."

Und sie sagt weiter, daß die Sonne das Leben ist. Sie sagt, daß alles, was lebt, durch das Licht und die Wärme der Sonne lebt – die Blumen auf der Wiese, die Schmetterlinge, die Vögel in der Luft, die Fische im Wasser, die Tiere auf dem Land, alle, alle Pflanzen und natürlich auch die Menschen. Sie denkt einen Moment nach. „Ja, und die Menschen wissen das. Sie sind die einzigen, die es wissen. Darum sehen sie euch Lichter, und mögt ihr noch so klein sein, immer so seltsam an. Wenn sie sonst auch dumm sind und sich aufführen, als sei für niemand außer ihnen Platz auf der Welt, aber das wissen sie – und daß sie es wissen, spricht aus ihren Augen zu euch."

„Ja, sie haben schöne Augen, nicht?"

„Ja, euch machen sie schöne Augen.", sagt die Zeit, und vermutlich lächelt sie wieder dabei. „Doch das Himmelslicht der Sonne können sie nicht ertragen, es ist zu hell für sie, darum begnügen sie sich mit euch." Und sie erzählt dem Feuerlicht, daß selbst die Erde, die große Erde nur kurze Zeit in die Sonne schauen kann, und daß sie sich ständig dreht, um sie nicht immer von einer Seite aus ansehen zu müssen. Da, wo sie die Sonne ansieht, ist Tag, und auf der abgekehrten Seite ist Nacht.

Und sie erzählt weiter von der Nacht und dem Tag, dem Bruder der Nacht, die wie das Licht Kinder der Sonne sind und darum alle zusammen Geschwister. Und obwohl sie so müde ist und langsam und eintönig erzählt, ist alles, was sie sagt, sehr auftregend, viel aufregender noch als die Geschichten des Windes. „Manche wissen gar nicht, daß auch die Nacht ein Kind der Sonne ist", sagt die Zeit. „Sie denken, nur der Tag sei es, aber das ist nicht wahr. Beide gehören zusammen, und die Sonne liebt die Nacht, wie sie den Tag liebt, vielleicht sogar noch mehr, weil sie ihr fern ist, fernbleiben muß auf der Seite der Erde, wohin sie nicht scheint. Aber oft ist ihre Sehnsucht zu groß, und sie treffen sich, und die Sonne küßt die Nacht auf den Scheitel und sagt ihr Willkommen und Lebewohl zugleich, und dann ist das schönste Abendrot."

"Wir gehören auch zusammen, hat die Nacht mir gesagt – und bleiben zusammen... für immer", sagt das Licht.

Die Zeit schweigt. „Warte es ab", sagt sie dann. „Du bleibst nicht auf der Erde. Wenn deine Zeit gekommen ist, fliegst du zum Himmel."

„Ich – ?"

„Ja, du."

„Zum Himmel – ?!"

„Ja, zum Himmel – mit diesem Luftikus, dem Wind, so hoch er nur kann, und wenn er nicht weiter kann, mit seinem Bruder, dem Sternenwind. Und dann – bist du ein Stern."

„Ein was – ?"

„Ein...", fängt die Zeit an, aber es macht plötzlich „Doing... doing... doing... doing" und „schnrr... schnrr... klick...!", und danach ist es still.

„Ach, du liebe Zeit", sagt das Feuerlicht. Es starrt in die Ecke – was ist da los? – Hat die Zeit einen Schluckauf? – Fast möchte es lachen, doch es denkt, die Zeit ist eine so alte, würdevolle Dame, es schickt sich gewiß nicht, über sie zu lachen, und so schüttelt es nur den Kopf und sagt noch einmal: „Ach, du liebe Zeit." Es ist auch zu ärgerlich, gerade jetzt schweigt die Zeit! Was hat sie gesagt? – Ein Stern soll es werden? – Was ist ein Stern?

„Schau nach oben... nach oben... oben... oben...", hört es die Stimme der Nacht.

„Schwester! – Schwester, wo bist du?", ruft es. „Wo warst du?"

„Ich war immer bei dir", hört es. „Du hast mich nur nicht gesehen."

„Wo?"

„Schau nach oben."

Das Feuerlicht sieht nach oben. Über ihm ist der Rauchfang. Darüber zieht sich der Schornstein hin, und an seinem Ende erblickt es ein kleines Viereck, ein wenig heller nur als die Schwärze des Schornsteins, und in diesem Viereck sieht es – die Nacht. Sie blickt zu ihm hinunter.

„Schwester, ich sehe dich!"

„Ja, ich bin bei dir", sagt die Nacht. „Ich war immer bei dir. Du warst nicht allein. Aber sieh durch mich hindurch, schau weiter nach oben – was siehst du?"

„Wolken, dunkle Wolken."

„Und dazwischen?"

„Viele kleine, funkelnde Lichter."

„Schau genau hin – das sind Sterne."

„Das sind Sterne...", wiederholt das Feuerlicht mit einer Stimme, die sich fast so anhört wie die der Nacht.

Aber kann es sich denn vorstellen, was es heißt, von diesem ungeheuren Firmament, dessen Kuppel sich von einem Ende der Welt bis zum anderen spannt, gemeinsam mit diesen unendlich vielen Sternen auf die Erde herabzuschauen? – Nein, es kann sich das nicht vorstellen. Gemessen an dieser unfaßbaren Weite ist es ja noch immer nur ein kleines, sehr , sehr kleines Lichtlein, das obendrein nicht einmal einen Namen hat. Nur soviel hat es mitbekommen, daß es ein Stern werden soll, ein Stern dort oben am Himmel. Und ist nicht die Sonne auch am Himmel? – „Aber Schwester, Schwester", ruft es, „dann bin ich ja bei der Sonne, ganz nah!"

„Am Himmel gibt es kein Nah und Fern", sagt die Nacht. „Am Himmel ist die endlose Zeit, aber du wirst die Sonne sehen, siehst sie immer, und sie sieht dich. – Ja, du wirst ein Stern werden, wie viele Lichter von der Erde, ob groß oder klein, vor dir Sterne geworden sind."

So ist es also wirklich wahr, denkt das Licht. Ich werde ein Stern. Ein ewig leuchtender Stern, der vom Himmel auf die Erde herabsieht. Und in all seinem Glück fällt ihm aber doch noch etwas ein: „Meine Geschwister aus der Schachtel", fragt es, „sind die auch Sterne geworden?"

Die Nacht schweigt einen Augenblick. „Nicht alle", sagt sie dann, „aber du mußt nicht traurig sein, einige wirst du wiedersehen."

„Nicht alle – warum nicht?"

„Erinnerst du dich, als ich dir sagte, du sollst versuchen, anders zu sehen?"

Das Licht nickt.

„Nur die Lichter werden Sterne, die lernen, anders zu sehen. Nur sie, die ihre Seele finden, leuchten so klar, wie das Licht der Sterne leuchten muß."

„Habe ich wirklich eine Seele?", fragt das Licht.

„Alles hat eine Seele. Wer sie aber nicht entdeckt, dem ist alles dunkel und kalt. Alles, was er sieht, ist ihm ein Spiegel. Er sieht stets nur sich selbst, nichts schließt sich ihm auf. Wer aber anders sieht, schaut in das Herz der Dinge und in sein eigenes ebenso und er bringt Licht hinein. Ich bin die Nacht. Ich bin deine Schwester, und deine Seele bin ich auch. In mir ist die Seele aller, doch meine Dunkelheit muß niemand schrecken, denn ich, die Nacht, bin die Tochter des Lichts."

O je, denkt das Licht, meine Schwester spricht wie die Zeit; und es fragt, was mit den Lichtern geschieht, die nicht lernen, anders zu sehen.

„Sie werden Irrlichter", sagt die Nacht. „In vielerlei Gestalt irren und geistern sie umher; vor allem in den Städten der Menschen und bringen sie dazu, daß sie nie lernen, anders zu sehen." Sie macht eine kleine Pause. „Aber nun schlaf. Es ist schon spät."

Ja, es ist spät. Das Licht spürt, daß es nun wirklich erschöpft und müde ist. Es versucht sich zu erinnern, was alles ihm begegnet ist, und welche Gefühle sein Herz bewegt haben: Freude und Trauer, Angst und Unbekümmertheit, Schmerz und Zuversicht, und Eitelkeit und Liebe. Auf jeden Fall hat es entdecken dürfen, daß es eine Seele hat, und es denkt, das war das Schönste von allem; und während es sich erinnert und nachdenkt, werden seine Flammen immer kleiner. Es atmet so leise, daß es schon fast wieder anfängt zu frösteln, und

deckt sich mit einem grauen Mantel von Asche zu.
Die Uhr in der Ecke macht ihr Tick–tack.

Ja, und was hat die Nacht noch gesagt? – Es, das
Licht, habe Glück gehabt, daß die Zeit zu ihm
gesprochen hat; sie spreche selten, und wenn sie
schon spreche, werde sie noch seltener verstanden,
von den Menschen am wenigsten. Ach, die
Menschen – aber schöne Augen haben sie, und
jedes Licht in ihnen ist wie ein Stern am
Nachthimmel. – Und ich, ich werde... nein, ich
habe... ich habe eine Seele, und die Sonne, die
Sonne hat... und die Zeit...

Und Tick–tack, Augen, Menschen, Zeit und Sonne
drehen sich in einem bunten Nebel wie die
fernsten, fernsten Sternenwolken, die man nur
träumen kann, und das Licht dreht sich mit: und
alles dreht sich und fließt dann zusammen in einen
Strom wie aus Silber und Gold und strömt ruhig in
das tiefe, tiefe Meer des Schlafs.

Und so schläft das Feuerlicht.

Es glimmt still vor sich hin, und die Nacht und die
Sterne wachen über ihm.

Es hätte immer so weitergeschlafen bis zum letzten
Funken in ihm, doch plötzlich krächzt es, krächzt
furchtbar laut und hallt den Schornstein hinab:

      „Kraaah! – Kraaah!
      Ich bin wieder da!
      Ich, Rabe der Nacht,
      Hab´ auf den Tag gewacht,

Habe nach Osten geschaut,
Der Morgen graut, der Morgen graut!"

Das Licht schreckt hoch. – Was ist das?
Im selben Augenblick – huiii...! fährt der Wind den
Schornstein hinab. Wild schwingt er sein Gewand;
er pustet und faucht und umweht die Glut, daß der
Aschemantel wirbelnd verfliegt; und ehe noch das
Feuerlicht sich das Glimmen wegwischen kann,
steht es schon in Flammen, ein letztes Mal in
Flammen und prasselt, und der Wind schreit und
johlt:

„Wach auf, wach auf,
Und schlafe nicht!
Hinauf, hinauf
Zum Sternenlicht!"

Und gleichzeitig wieder von oben die Stimme des
Nachtraben:

„Kraaah! – Kraaah!
Ich bin wieder da!
Ich, Rabe der Nacht,
Hab´ auf den Tag gewacht,
Habe nach Osten geschaut,
Der Morgen graut, der Morgen graut!"

Es ist ein Höllenlärm.
Das Feuerlicht weiß nicht, wie ihm geschieht.

Aus tiefem Schlaf gerissen, prasselt es hoch in hellstem Schein. Die Funken stieben wie noch nie. Es glaubt sich schon am Himmel, und ihn voll von Sternen zu sehen.

Dann fühlt es sich gepackt. Vom Wind gepackt und – huiii...! hinaus aus dem Schornstein!

Es sieht gerade noch, daß es draußen bereits dämmerig ist und die Sterne verblassen und – huiii...! hoch und höher, immer höher, daß ihm schwindlig wird bei dem Sausen.

Und dann, als es hoch, hoch schon ist und der Wind noch immer johlt und schreit, da sieht – da sieht es im Osten über dem runden Rücken der Erde ein Glänzen wie von Gold und ein Strahlen wie von Millionen edelster Steine und „Sonne – !" jubelt es, „Sonne... Sonne!", und der Wind schreit: „Jaaa! – Die Sonne! – Siehst du sie? – Sie ist da! – Wir fliegen zu ihr!" – und fliegt noch schneller. Es hört die Stimme der Nacht – fern, fern jetzt: „Heute... abend! Bis... heute... abend..."

Und der Wind fliegt so schnell, daß in der sausenden Luft sich das Licht ganz eng an ihn drücken muß und es die Sonne, die sich immer strahlender und heller über der Erde erhebt, als ein einziges, wie in unendlich vielen Kristallen gebrochenes, in allen Regenbogenfarben leuchtendes Funkeln und Strahlen nur noch wahrnimmt. Dann merkt es, wie dem Wind allmählich die Luft ausgeht und er nicht einmal mehr „Lebewohl" rufen kann, und wie ein noch stärkerer Arm es packt – und huiii...!, huiii...!, noch schneller geht es hinauf!

Ja, und so wirst du wohl angekommen sein – dort oben... am Sternenhimmel.

Du? – Ja, du! Wer sonst?

Hast du denn vergessen, wie die Geschichte angefangen hat?

Oder war alles nur ein Traum?

Natürlich, ein Traum...

Und wenn du morgen früh aufwachst und dich in deinem Bett und Zimmer findest, weißt du vielleicht nicht mehr von ihm und wirst ihn für immer vergessen haben.

Und doch ist alles geschehen; alles hat sich so zugetragen, wie es hier von – ja, von wem eigentlich? – erzählt worden ist. Oder hat sich die Geschichte nicht doch selbst erzählt? So zugetragen und selbst erzählt?

Ein Traum – ?

Oder nicht?

Hat die Nacht nicht unendlich viele Geheimnisse? Bist du ihr nicht begegnet? Und hast erahnt, wieviele Geheimnisse sie hat? Und was wissen wir davon... Was wissen wir, was mit unserer Seele zwischen Nacht und Mitternacht und wieder Nacht geschieht...

Und darum – wenn es morgen abend dunkel wird, schau einmal an den Himmel. Und wenn du einen Stern erblickst, der wie neu aussieht und besonders hell strahlt, dann – ja, dann...

Vielleicht erinnerst du dich sogar an einen Traum –
aus einer Zeit weit, weit zurück, als für die
Menschen Nacht und Tag und Träume und
Wirklichkeit noch nicht geschieden waren.

Ach ja, und vergiß dann auch nicht, dem Stern
einen Namen zu geben. Das Lichtlein, das seine
Seele fand und ein Himmelslicht geworden ist, hat
nämlich noch immer keinen und wartet darauf, ihn
von dir zu bekommen – nur von dir. Und du weißt,
warum.

Für Arno

Der Mülleimer

Er war einer, der nie auffiel und still in seiner Ecke stand und alle drei Wochen donnerstags ebenso still an der Straße.

Er hieß Mülli Müllrich; und wie sein Name dir schon fast verrät, war er ein – Mülleimer. Kein besonderer Mülleimer, nein, einer wie viele, und warum ich seine Geschichte erzähle, weiß ich eigentlich nicht.

Denn auch die ist eine wie Tausende sonst; und von alten Öfen, Kühlschränken, Radios, Tischen und Stühlen – ja, irgendwann sogar von deinem roten Dreirad könnte man sie genauso gut erzählen. Aber vielleicht ist die Geschichte von Mülli Müllrich darum eine besondere, weil er ein Mülleimer war, der – Post bekam.

Du selbst hast schon einmal einen Brief bekommen oder eine Karte zu deinem Geburtstag, nicht wahr – und ist das nicht schön?

Wenn du einen Brief bekommst, dann heißt das, daß jemand an dich denkt und dir etwas Schönes sagen will; und ist es gar eine Karte, du weißt schon, eine mit Blümchen und Herzchen darauf, dann hat er dich lieb und will es dich auch wissen lassen.

Nun, ob jemand Mülli Müllrich lieb hatte, das weiß ich nicht; wahrscheinlich nicht – oder hat man schon je davon gehört, daß jemand einen Mülleimer lieb hat? – Karten mit Herzchen darauf bekam er jedenfalls nicht; und doch – es mußte jemanden geben, der an ihn dachte; und wer weiß, vielleicht war es ein Freund, der ihm schrieb, daß er sich freut, einen guten Freund zu haben.

Natürlich war es nicht so, daß der Postbote jeden Tag einen Brief für Mülli hatte. Nein, zugegeben, es kam eher selten vor.

Mülli selbst schrieb keine Briefe, und – Hand aufs Herz – er konnte gar nicht schreiben. Wie denn auch! Wie sollte er wohl schreiben mit seinen kurzen Ärmchen, die die Menschen – Griffe nannten! Es war zwar immer sein Wunsch gewesen, schreiben zu können, und er hätte gerne viele Briefe geschrieben und bestimmt auch an dich und andere Kinder, und Zeit zum Schreiben und auch zum Nachdenken, was er dir hätte schreiben wollen, hätte er genug gehabt, aber es ging nun einmal nicht; und da er selber keine Briefe schrieb, wußte er, daß er nicht erwarten konnte, daß du oder andere Kinder ihm welche schickten. So war er zwar ein bißchen traurig über seine kurzen Ärmchen, aber doch nicht zu sehr. Er war kein Tagträumer und gab sich mit dem zufrieden, was er hatte.

Und genau genommen war es immer nur ein Brief, ein einziger, den er bekam – einmal im Jahr erhielt er einen Brief; und soweit er sich erinnern konnte, stets zu Anfang des Jahres.

Allerdings war es ein besonderer Brief.

Auf dem Umschlag war nicht nur der gewöhnliche Poststempel, sondern ein großer, runder Stempelaufdruck zusätzlich, und wer lesen konnte und sich damit auskannte, sah sofort, daß der Brief aus dem Rathaus kam. Ja, es war der Bürgermeister, der an Mülli Müllrich schrieb, der Bürgermeister höchstpersönlich.

Ob nun der Bürgermeister sein Freund war, weiß ich nicht; vielleicht hat er ihn ja manchmal besucht, abends, bei seinem Gang durch die Straßen, wenn er in seiner Stadt nach dem Rechten sah, und sie haben dann ein Schwätzchen gehalten. In dem Brief jedenfalls schrieb er nichts von ihrer Freundschaft; und selbst wenn sie Freunde gewesen wären, hätte er davon in diesem Brief wohl nichts schreiben dürfen – ja, denk nur, sogar ein Bürgermeister darf nicht alles, was er vielleicht möchte.

Mit dem Brief verhielt es sich nämlich so, daß es ein amtlicher Brief war; und damit das alle gleich erkannten, war oben auf dem Brief wieder das große, runde Stadtwappen aufgedruckt. Diesmal noch größer als auf dem Umschlag und sogar rot und grün und schwarz, und sehr eindrucksvoll und schön anzusehen. Ja, und amtlich, das bedeutet, der Bürgermeister schreibt im Namen der Stadt und hat sich seine schwere goldene Amtskette, die jedermann zeigt, daß er der Bürgermeister ist, um den Hals gelegt, wenn er den Brief an Mülli Müllrich schreibt.

So jedenfalls stellte Mülli sich das vor.

Und war er ohnehin schon stolz genug, den Brief zu erhalten, dann über die Ehre, die ihm der Bürgermeister mit dem Umlegen der Amtskette antat, noch mehr.

Und hatte er nicht allen Grund dazu? – „Sehr geehrter Herr Müllrich" schrieb der Bürgermeister; und wer irgendwelche Zweifel haben mochte, der Bürgermeister in seinem hohen Amt könne es ihm gegenüber an Ehrerbietung fehlen lassen, las es hier schwarz auf weiß: „Sehr *geehrter* Herr Müllrich" – ja, ohne Frage, der Herr Bürgermeister erwies ihm, Mülli Müllrich, die Ehre.

Und er dankte ihm; er dankte für seine treuen Dienste. Ohne Murren und Klagen, bei Hitze und Regen im Sommer und Schnee und Kälte im Winter und ohne je einmal krank gewesen zu sein, habe er seinen Dienst getan. Er sei ein Vorbild und alle im Rathaus, die für die Stadt und die Bürger ihren Dienst tun, könnten sich ein Beispiel an ihm nehmen.

Und als Anerkennung seiner Arbeit und Auszeichnung vor vielen sonst schickte ihm der Bürgermeister eine Plakette und unterschrieb sich zum Ende des Briefes mit „Hochachtungsvoll" – natürlich, wie sonst bei so vielen Verdiensten eines *allseits* geachteten Mülleimers.

Selbstverständlich wußte Mülli, daß eine solche Plakette für ihn selber weniger eine Auszeichnung, als vielmehr die Verpflichtung war, im neuen Jahr seinen Dienst ebenso gut und treu zu versehen wie bisher.

Aber daran hatte es nie einen Zweifel gegeben, und früher – es war lange her –, als der Bürgermeister ihm noch keine Briefe schrieb und Plaketten schickte, hatte er seine Arbeit nicht weniger gewissenhaft verrichtet. „Man ist, wie man ist", pflegte er zu sagen, „und kann nicht aus seiner Haut."

Dennoch – wie stolz war er, wenn die neue Plakette auf seinem Deckel klebte und jedermann sie sehen konnte. Er war ein vom Bürgermeister höchstselbst bestallter Mülleimer! Ein öffentlich ausgewiesener und anerkannter Mülleimer, denn die Zeiten, wo ein Hinz oder Kunz von Topf oder Eimer sich an den Straßenrand stellen und beanspruchen konnte, er sei ein Mülleimer, die waren – den einsichtigen Menschen sei Dank! – lange vorbei. Und das war gut so; die Leute sollten sehen, auf den ersten Blick sozusagen sehen, was ein richtiger Mülleimer ist – ein amtlicher Mülleimer.

Und war es nicht so, daß seine Plakette der Amtskette des Bürgermeisters in einem gewissen Sinn durchaus gleichkam? – Mülli war immer bescheiden gewesen, sein ganzes Leben lang, aber diesen Vergleich traute er sich doch anzustellen – wirklich in aller Bescheidenheit. Und warum auch nicht? Mit derselben Würde wie der Bürgermeister die goldene Amtszier trug er seine Plakette; schließlich prangte das Stadtwappen auf beiden gleichermaßen, und während Mülli die Plakette das runde Jahr und Tag und Nacht lang trug, legte der Bürgermeister die Kette nur zu besonderen Gelegenheiten an – wenn die Stadt ihren Geburtstag feierte zum Beispiel oder hohe Gäste kamen oder – nicht zu vergessen – ,wenn er Mülli einen Brief schrieb.

Doch aus der Tatsache, daß er im Vergleich zum Bürgermeister gleichsam ständig im Dienst war, entwickelte er keinen Dünkel und auch nicht aus dem Umstand, daß die Bürgermeister im Rathaus wechselten und er im Laufe seines Lebens manch einen von ihnen hatte kommen und gelegentlich schneller als erwartet wieder hatte gehen sehen. Es gab naseweise Leute, die zogen daraus den Schluß, das wahre Bild der Stadt, der gegenwärtigen Stadt, verkörpere er, Mülli Müllrich, weit vor allen anderen, aber wie gesagt, Mülli war bescheiden, und das war ihm der Ehre dann doch zuviel. „Bürgermeister ist Bürgermeister", sagte er, „und Mülleimer ist Mülleimer. Einer Amtsperson gegenüber – gleich wer sie als Mensch sein mag – darf man es nicht an Respekt fehlen lassen – den Respekt, der ihr nach dem Amt gebührt."

Und so waren im Laufe der Jahre viele, viele Plaketten auf seinen Deckel gekommen, und er trug sie wirklich mit Stolz, doch ohne jede Anmaßung und Überheblichkeit.

Aber so viele es waren, keine sah wie die andere aus. Zum einen unterschieden sie sich in der Form: Es gab runde und rechteckige, sechs- und achteckige, und sie waren entweder größer oder kleiner als andere; und hatten sie zufällig einmal dieselbe Größe und Form, dann waren sie von unterschiedlicher Farbe. O ja, sie hatten alle möglichen Farben: Rot und grün, blau, gelb, schwarz und weiß und verschiedene Farben auf einmal.

Und so unterschiedlich sie waren, zwei Dinge waren allen gemeinsam: Sie trugen das Stadtwappen, und auf allen stand stets dieselbe Zahl: Fünfzig.

Sie stand dick und groß in der Mitte der Plaketten und bedeutete, daß Müllis Körper fünfzig Liter Inhalt hatte, was wiederum heißt, daß er fünfzig Liter Müll aufnehmen durfte; soviel hatte ihm der Bürgermeister erlaubt – fünfzig Liter.

Natürlich gab es größere Mülleimer; vor allem diese merkwürdigen Gebilde, die man neuerdings überall sah, diese grünen, blauen und gelben – Dinger, die so auffällig und wichtigtuerisch herumstanden und ihre Farben zeigen mußten. Aber wie sahen die aus! Waren das überhaupt Mülleimer?

Waren das nicht – Bollerwagen? Bollerwagen mit zwei Rädern? Nicht richtig Mülleimer und nicht richtig Bollerwagen, sonst hätten sie ja wohl vier Räder gehabt – trotzdem, die wollten etwas Besonderes sein, das sah gleich jeder, doch vor lauter Die-Nase-in-die-Luft-Halten wußten sie bestimmt selbst nicht, was sie sind. Grüne Mülltonnen – mit Rädern!

Wie pflegte sein Freund, der Spatz, von ihnen zu sagen? – Leuchttürme auf Rädern, haha..., aber er sagte es hinter vorgehaltener Hand und sah sich um dabei und so, daß keiner von diesen Gernegroß es hörte.

Nein, er war keiner von den großen, doch zu den kleinen Mülleimern gehörte er auch nicht; und ob nun groß oder klein, das war nicht so wichtig. Was nach Müllis Ansicht zählte, war vielmehr, wie man seine Arbeit machte und wer seine vielen Plaketten sah, bedurfte keiner Erklärungen und wußte auf einen Blick, was er von ihm zu halten hatte.

Und so viele Plaketten es waren, daß er schon alt sei, hätte man nicht sagen können. Ganz jung, so jung wie du, war er natürlich auch nicht mehr. Es war einfach so mit ihm, daß er zwar einige Jahre auf dem Buckel hatte und dennoch nicht alt war; ein Mülleimer kann nämlich sehr alt werden, zumindest einer von der Art, von der Mülli Müllrich war. Und dieser Art anzugehören, darauf war er fast noch stolzer als auf seine vielen Plaketten. Er stammte aus einer Zeit, als ein Mülleimer noch ein ganzer Kerl war und einiges an grober Behandlung, wie in seinem Geschäft üblich, gut vertragen konnte; und auf den Verlaß war, und das aufs Ganze gesehen natürlich ganz etwas anderes ist als bei diesen seltsamen Gestalten, die da an der Straße herumstehen, als wäre es eine Modenschau, und die beim ersten kräftigen Knuff gleich einen Riß oder gar ein Loch in ihren Körper kriegen.

Mülli hatte von solchen Sachen gehört, der Spatz hatte es ihm erzählt, und erst letzte Woche soll es wieder in einer Nachbarstraße geschehen sein, als so ein Leuchtturm, haha...von einem Auto angefahren worden ist. Was Wunder bei diesen Plastikdingern, ha, Plastik...! Schön grün oder blau und groß zu sein, das allein macht es noch nicht. Es gehört mehr dazu, so lange schon seinen Dienst zu tun – ein Körper aus Metall zum Beispiel, aus Stahl, aus Stahlblech, verzinktem Stahlblech, das nicht rostet, dick wie eine Mandarinenschale, und natürlich ein bißchen härter als diese... diese... ha, ein bißchen nur, natürlich, haha...

Wenn er darüber nachdachte, wie oft er im Laufe seines Lebens von Autos angefahren worden war – du liebe Güte! Und hatte es ihm etwas gemacht? – Nichts, fast nichts; eine kleine Beule hatte er, am Rücken, und eine an der Seite, aber die sah man kaum; und einmal war ihm jemand über die Füße gefahren, und seitdem stand er ein wenig schief. Und – ? Was hatte das zu sagen, ob man etwas schief stand oder gerade? – Die Hauptsache für einen Mülleimer war, nicht umzufallen, und er war noch nie umgefallen. Man stand und war voll Müll und wartete auf den Müllwagen – das war das, worauf es ankam, und das tat er.

Und diese anderen Dinger! Denen brauchte niemand über die Füße zu fahren, damit sie umfielen. Die waren so leicht und so hoch, die fielen von alleine; das heißt, nicht ganz von alleine, aber der Wind warf sie um, wenn sie leer an der Straße standen und den Kopf noch ein bißchen höher trugen als für gewöhnlich. Und dann? – Dann kommt ein Windstoß um die Ecke; er will ein bißchen spielen mit ihnen und – pardautz! – schon poltert es und sie liegen da wie ein Maikäfer auf dem Rücken. Das hatte Mülli mit eigenen Augen gesehen, und niemand mußte es ihm erzählen; und – nebenbei – was der Spatz den lieben langen Tag so erzählte, das war viel; das wußte man und ob er es mit der Wahrheit immer so genau nahm – nun ja...

Wie auch immer, das hatte er mit eigenen Augen gesehen. Erst hatte er darüber gelacht und dann war er nachdenklich geworden und hatte sich gefragt, wo es mit der Welt wohl hingekommen sei, und wie weit es mit ihr noch kommen werde, wenn selbst Mülleimer nicht mehr fest auf ihren Füßen standen und fast von allein schon umfielen. Das sind die neuen Zeiten, sagte er sich und hatte sich wirklich beunruhigt; dann fiel ihm ein, was alles er nicht schon im Laufe seines Lebens gesehen und erlebt hatte – Feuer im Hause schräg gegenüber, der Sturm, der den dicken Ast der Kastanie abgebrochen und der ihn beinahe getroffen hatte, der Unfall des Kollegen am Beginn der Straße – ein alter Steh-fest-auf-den-Beinen wie er – , der von dem großen Lastwagen überfahren und plattgewalzt worden ist; der dann weggeschafft werden mußte und niemand wußte wohin, und manchmal fiel in dem Zusammenhang das Wort „Schrottplatz" – und was ist das überhaupt? – schreckliche Dinge alles, aber das Leben war weitergegangen, wie Mülli zu sagen pflegte.

Es würde auch jetzt weitergehen; und eines Tages, wenn die Menschen merkten – und eigentlich brauchten sie nur die Augen aufzumachen – , wenn sie also merkten, was sie an diesen bunten Umfall-Plastik-Leuchtturm-Mülleimern hatten – oder besser gesagt, nicht hatten – , würden sie reuevoll zu den Mülleimern von seiner Art zurückkehren und würden wieder glücklich sein.

Jeder kann sich einmal irren, warum nicht auch die Menschen, dachte er, und wenn er anfing darüber nachzudenken, fiel ihm ein, daß er schon einige Male erlebt hatte, daß sie sich irrten. Wenn er nur an die Straße dachte! Was sie mit der schon alles angestellt hatten! Erst wurde sie verbreitert; die schönen, großen Bäume wurden abgesägt, dann wurde sie, obwohl immer mehr Autos umherfuhren, schmaler gemacht; neue Bäume wurden angepflanzt, dann wurde sie geteert und dann gepflastert und dann wieder geteert und dann... nein, er wollte nicht weiter darüber nachdenken, wie sich das mit den Menschen verhält und ob sie wirklich immer wissen, was sie tun. Doch manchmal geschahen nicht allein mit der Straße wirklich so seltsame Dinge, daß er sich schon gefragt hatte – und er fragte sich selber gleichsam auch hinter vorgehaltener Hand und sah sich verstohlen um dabei – , ob denn sein Freund, nein, durfte er Freund sagen? – , ob denn sein Dienstherr, der Herr Bürgermeister, überhaupt wisse, was in seiner Stadt vor sich geht.

Das fragte er sich nicht ernsthaft und mit innerer Überzeugung, natürlich nicht; und wenn zu Beginn des neuen Jahres der Brief vom Bürgermeister kam, waren sowieso alle möglichen Zweifel an dessen Amtsführung verflogen, und Mülli machte sich Vorwürfe, sich solche Fragen, und seien sie noch so leise gewesen, erlaubt zu haben.

Und im Grunde und genau genommen hatte er selber, er persönlich gar keine Veranlassung, sich über das Irren der Menschen und ihre kleinen Fehler hier und da Gedanken zu machen. Die Menschen, in deren Haus er lebte, irrten nicht, und sie hatten auch keine Fehler, und der beste Beweis dafür war, daß er ihnen so lange schon diente und weiterhin dienen würde statt dieser Möchtegern-Bollerwagen.

Gut, es mochte bequem für die Menschen sein, wenn sie so ein Ungetüm statt zu tragen, rollen konnten, aber genau das war ja der Punkt: Diese

Dinger sind so groß, daß man sie gar nicht tragen kann! Das ist gar kein Eimer, das ist eine Tonne! Eine dicke Tonne, jawohl! – Wie kann man von einem Eimer, einem schlanken, handlichen Eimer auf eine Tonne kommen, eine Tonne...!

„Ich habe selber am besten mitbekommen, wie im Laufe der Jahre der Müll, den die Menschen machen, mehr und mehr geworden ist", sagte Mülli. „Und manchmal haben sie mich vollgestopft, daß ich dachte, ich muß platzen; und natürlich habe ich mich schon einmal gefragt, ob das nicht auch ein kleiner Fehler der Menschen ist, daß sie auf Teufel komm raus immer mehr Müll machen müssen. Doch genau genommen geht mich das nichts an, das ist ihre Sache, und meine Sache ist es, mit dem Müll fertig zu werden, und das habe ich bis jetzt immer geschafft. Und was diese – Tonnen angeht: Nicht alle Menschen wohnen an festen Straßen, und was sind die kleinen Räder schon wert, wenn man so einen Dickwanst durch Schlamm und Matsch oder gar tiefen Schnee ziehen soll – und tragen kann man ihn nicht! Nein, nein, hört mir auf, unsereiner hat mit so etwas nichts zu tun. Und daran ändert nichts, daß einige behaupten, sie sehen doch eigentlich schön aus. Natürlich, wer nur auf das Äußere achtet, könnte vielleicht sagen, sie sehen schön aus, das will ich gar nicht bestreiten."

So sprach Mülli zu den wenigen Kameraden, die noch von seiner Art waren.

Und manchmal, im jungen Mai, wenn der Frühling sich putzt, oder an einem schönen Sommermorgen, wenn alles zwitschert und jubiliert, hatte er selbst schon gedacht, das Fräulein Schönmüll am Straßenrand ihm gegenüber sei doch ein hübsches Ding; und wenn er ein bißchen jünger gewesen wäre, hätte er sich vorstellen können, daß er den Spatz gebeten hätte, ihr das in seinem Namen zu sagen und auch, daß er sich freue, zu wissen, daß ihr Müll und sein Müll bald im selben Müllwagen sein würden, wo sie doch selber nicht zusammen kommen konnten und sich nur immer über die Straße hinweg sahen. Richtig traurig war er darüber allerdings nicht. Er war ein weiser Mülleimer geworden und wußte nur zu gut, was man auf Schönheit und Äußerlichkeiten geben konnte – wieviel Hochmut und trügerischer Glanz hatten in ihm nicht schon ihr trauriges Ende gefunden. „Schönheit vergeht", pflegte er zu sagen; und wenn er daran dachte, was für ein stattlicher und gutaussehender Bursche er selbst einmal gewesen war, dann lächelte er nur milde und weinte den vergangenen Zeiten nicht eine Träne hinterher.
Natürlich war er im Laufe der Jahre ein wenig grau geworden. Das bleibt nicht aus; und nur ein Dummkopf kann erwarten, daß er so blank und glänzend wie in seinen jungen Jahren durchs ganze Leben geht. Und wie blank und glänzend war er gewesen! Die Leute waren stehengeblieben und

hatten sich angestoßen und gesagt: „Schaut nur, was für ein Mülleimer!"

Und in der Tat, sie hatten recht. Sein frischer Körper hatte in der Sonne geglänzt, daß es den Augen fast wehtat; und er war stolz darauf gewesen und hatte sich geschmeichelt gefühlt und sich am liebsten wie ein junges Mädchen geziert und gedreht und sich von seiner besten Seite gezeigt.

Wenn er heute daran zurückdachte, schämte er sich ein wenig, und er verzieh sich seine damalige Eitelkeit nur deswegen, weil er sagte: „So ist die Jugend, sie weiß es nicht besser."

Stattlich anzusehen war er ja noch heute; und wer es zu würdigen wußte, achtete weniger darauf, daß sein Körper nicht mehr blank war, sondern darauf, daß er noch nicht ein Fleckchen Rost hatte. Schließlich war er nicht verzinkt worden, um schön auszusehen und Leute dazu zu bewegen, seiner Schönheit wegen stehen zu bleiben. Dafür hatte der liebe Gott andere Dinge schön gemacht in dieser Welt, wirklich schöne Dinge, aber – und das war Mülli an den Menschen auch aufgefallen – sie sahen sie nicht immer oder wollten sie nicht sehen.

Vielleicht waren sie einfach zu bequem, um zum Beispiel im Sommer mit der Sonne aufzustehen und einen frischen Morgen zu bewundern. Der war viel blanker und glänzte viel, viel mehr als er je blank war und geglänzt hatte – und wer weiß, seit wie lange schon.

Ja, das war wirklich etwas ganz Eigenes mit den Menschen und noch seltsamer als ihre Irrtümer. Sie blieben oft stehen und bewunderten etwas, das er ganz und gar nicht schön fand: Stinkende Autos etwa oder laute Motorräder.

Und egal was, meistens waren es Sachen, die sie, die Menschen selbst gemacht hatten; und er hatte sich schon gefragt, ob sie vielleicht nur so taten, als bewunderten sie die Sachen, in Wirklichkeit jedoch sich selbst – und warum das so sein könnte, wußte er nicht.

Und so waren die Jahre ins Land gegangen, und alles hätte immer so weitergehen können, bis eines Tages Dinge geschahen, die recht seltsam waren. Das heißt, genau genommen fing alles schon einige Tage vor diesem bewußten Tag an, vielleicht sogar vor einigen Monaten.

Damals nämlich war bereits die Rede davon gewesen, daß Mülli an einen anderen Platz gestellt werden sollte – ja, und nun geschah es.

Er hatte stets, so lange er zurückdenken konnte, vorne zur Straße hin an der rechten Hausecke seinen Platz. Neben ihm stand das lange, graue Fallrohr, das nach oben bis zur Dachrinne hinaufging und unten im Boden verschwand, wer weiß wie tief, und manchmal dachte Mülli, bis in die Mitte der Erde vielleicht. Im Lauf der Jahre waren sie gute Freunde geworden, vor allem auch, weil das Rohr ein ruhiger, verträglicher Nachbar war. Es sprach nicht viel und war nie aufdringlich,

und nur wenn es regnete, murmelte und gluckerte
es vor sich hin und flüsterte auch, und selten wurde
es laut und platschte seine Geschichten heraus.

In jedem Fall aber wußte es interessante Dinge zu
erzählen, die ihm der Regen, der bekanntlich ja von
weither kommt und der viel gesehen und erlebt hat
mit den Wolken, mit denen er umherzieht,
anvertraute. Mülli wußte zwar nie so recht, ob das
Rohr die Geschichten und Neuigkeiten sich selbst
erzählte oder ob sie für ihn bestimmt waren, aber er
hörte aufmerksam zu, und wenn der Regen gar zu
lange andauerte und schon den dritten Tag und die
dritte Nacht vom Himmel kam und er müde wurde
und ein Nickerchen machte, war ihm das Rohr
keineswegs böse und gluckerte und gluckste weiter
und plätscherte ihn in Schlaf. – O ja, das waren
schöne Stunden...

Naß wurde er nicht. Er stand unter dem
Dachvorsprung, der so weit überragte, daß er bei
Regen nicht einmal nasse Füße bekam. Rund um
das Haus lief eine Reihe solider Gehwegplatten; er
stand auf einer, hatte also stets trockene Füße und
im Winter die Gewähr, daß er nicht am Boden
festfror.

Es war wirklich gut bestellt um ihn, und schön war
auch, daß er nahe bei einem Fenster stand. Es war
das Küchenfenster; wenn es geöffnet war, zogen
verlockende Düfte an ihm vorbei – und sage keiner,
daß ein Mülleimer so etwas nicht zu schätzen weiß.
Noch schöner war natürlich, daß die Menschen ihn

durch die Nähe zu ihnen an ihren Gesprächen teilhaben ließen; und so wußte er auch, daß sie die Absicht hatten, ihn an einen anderen Platz zu geben.

Nach vorne zur Straße hin, das sei kein guter Platz für einen Mülleimer, hatten sie gesagt.

Zunächst hatte er gar nicht verstanden, wie sie das meinten. Stand er nicht schon immer da, wo er stand?

Dann hatte er mitbekommen, daß sie der Ansicht waren, ein Mülleimer wenige Schritte neben der Haustür sei kein guter Anblick für die Leute – und das verstand er noch weniger. Nur weil er etwas ergraut war und eine Beule hatte und etwas schief stand, sollte sein Anblick den Menschen erspart bleiben?

Das verstehe, wer will, dachte er.

„Ich glaube, die Menschen verstehen sich manchmal selber nicht, und dann soll ich mir die Mühe machen, sie zu verstehen? – Außerdem – wer kann mich denn von der Straße aus sehen? Ich stehe doch hinter dem Rhododendron, und der hat grüne Blätter, Sommer wie Winter – wer also kann mich sehen, frage ich."

So sprach Mülli mit sich selbst. Dennoch war er – natürlich schweren Herzens – bereit, den Platz zu wechseln und Abschied von seinen Freunden zu nehmen. Denn auch der Rhododendron war sein Freund und hatte ihm Schatten gespendet und Schutz gegen nördliche Winde; und ein Abschied auf immer würde es ja nicht werden. Egal, wohin man ihn stellte, jedesmal wenn er an der Straße stand und auf das Müllauto wartete, würde er die Freunde wiedersehen und ihnen ein „Wie geht´s" zurufen können.

Nein, wenn die Menschen etwas wollten, dann wollten sie es; soviel hatte er in seinem bisherigen Leben gelernt, und darum sagte man zu Recht von ihm, er sei weise. Nur als er an einem heißen Sommertag durch das weit geöffnete Küchenfenster jemand sagen hörte: „Der – stinkt, der muß da weg", war er natürlich beleidigt und in seiner Ehre getroffen. Und hatte er so etwas verdient? – Gefiel es ihm denn, an so heißen Tagen herumzustehen und diese üblen Gerüche aushalten zu müssen? – Und außerdem – warum stank er überhaupt, und was heißt denn „er"? – War es sein Dreck oder ihr Dreck, der da stank? – Nein, nein, wenn man anfing, über die Menschen nachzudenken... aber das wollte Mülli nicht.

So stand er also bei seinen Freunden und hatte sich innerlich damit abgefunden, einen anderen Platz zu bekommen, und war täglich darauf gefaßt, doch nichts geschah. Es war wieder kühler geworden, die Zeit dieser Gerüche schon lange vorüber, und wahrscheinlich hatten sie vergessen, was sie mit ihm vorhatten.

Der bunte Herbst war gekommen und wieder gegangen, und die Bäume standen schon mit kahlen Ästen und froren. Mülli stand auch und fror. Er mußte sich an die Kälte gewöhnen, und wie immer um diese Jahreszeit wünschte er sich, in einem Land im Süden zu leben, in dem ständig die Sonne scheint. Er hatte mit dem Rhododendron darüber gesprochen, aber der hatte gesagt, dort sei es im Sommer viel zu heiß, so heiß, daß er mit Sicherheit einen Sonnenstich bekommen würde und man auf seinem Deckel Spiegeleier braten könnte. – Spiegeleier braten... er war doch keine Bratpfanne, nein, da wollte er lieber ein bißchen frieren, und außerdem konnte der Rhododendron ihm nicht sagen, ob es im Süden üblich ist, daß ein Mülleimer Post vom Bürgermeister bekommt.

Welches Teufelchen ritt ihn also, sich mit so unnützen Gedanken abzugeben!

Er besann sich, was seine Aufgabe ist, vergaß die Kälte und stand am nächsten Tag wieder an der Straße. Das Müllauto kam, und er gab ihm seinen Müll. Luigi, der Müllkutscher, den er schon lange kannte, stellte ihn dicht an den Zaun zurück, drehte ihn ein bißchen, daß er gerade stand, gab ihm einen Klaps und sagte: „Tschau, Alter" und er klapperte mit dem Deckel. – Ja, alles war wie immer, und das war seine Welt, eine gute Welt.

Dann kam jemand aus dem Haus, packte ihn, hob ihn hoch, und ehe er sich's versah, ging's auf die *linke* Hausecke zu, an ihr vorbei, am Giebel entlang, den Garten hindurch, den ganzen Garten hindurch, und schwupp... stand er.

Ja, er stand und war noch ganz verdutzt und fragte sich, was das bedeuten soll, und dann fiel ihm ein: Das war sein neuer Platz! – Er hatte seinen neuen Platz...

Er sah sich um.

Den Garten hinter dem Haus kannte er. Im Sommer hatten sie ihn für gewöhnlich ein– oder zweimal nach hinten geschafft, und dann hatte er Badetag. Er wurde geschrubbt und mit dem Gartenschlauch abgespritzt. Der Wasserstrahl war hart und spritzte von ihm ab, und das Wasser kalt, brrr..., aber auch frisch; und ehe es ihm zu kalt wurde, war alles vorbei, und er stand zum Trocknen auf der Terrasse.

Ja, auf der Terrasse!

Er, Mülli Müllrich stand auf der Terrasse – und warum auch nicht? Er war sauber, rundum sauber, innen und außen sauber, und warum sollte er dann nicht bei den Menschen stehen, wenn sie auf der Terrasse sitzen und Kaffee trinken? – Gut, zum Kaffee war er natürlich nicht eingeladen. Das kann ein Mülleimer, und sei er noch so sauber, nicht verlangen; aber er stand in der Nähe und hörte ihre Gespräche, und die Sonne wärmte und trocknete ihn, und das waren seine schönsten Stunden.

Ja, die Terrasse... Sie hätten mich ruhig auf die Terrasse stellen können, dachte er. Ich hätte ein Dach über dem Kopf, feste Wände zu den Seiten, und könnte sogar durch die große Glasscheibe in ihr Wohnzimmer sehen. Doch wo er jetzt stand, sah er nicht einmal das Haus.

Es war eine Stelle, die er nicht kannte, und zwar in der linken, hintersten Ecke des Gartens, noch hinter dem Gartenhäuschen. Er stand auf der bloßen Erde, über ihm der freie Himmel. Um ihn herum lag allerlei verlassener Kleinkram mit einigen zwielichtigen Gestalten dabei – einen verrosteten Heizkörper sah er, eine abgebrochene Schaufel, eine Schubkarre ohne Rad und ihm zunächst eine blaue Regentonne aus Plastik, die sicherlich auch schon bessere Tage erlebt hatte. Dann war da noch der Kompost in seinem Gatter und dahinter ein Haufen von Abbruchsteinen.

Das alles sah trostlos aus; und verbessert hatte sich seine Lage nicht gerade, das konnte niemand behaupten.

Und mit dieser Regentonne würde er auf Abstand halten. Die erinnerte ihn doch zu sehr an andere Tonnen aus Plastik; und sollte keiner glauben, daß er selbst in dieser Umgebung nicht wissen würde, was er sich schuldig sei. Ein Trost nur, daß das Fallrohr und der Rhododendron nicht sehen konnten, wohin man ihn geschafft hatte.

Was sind die hier gegen meine Freunde, dachte er. Man muß sich schämen in so einer Gesellschaft. Und andererseits – warum schämen? Was habe ich Unrechtes getan, daß ich mich schämen muß? Bei Licht besehen habe ich keinen Grund dazu, und eher noch verdiente ich das Mitleid meiner

Freunde. Hm, Mitleid... soweit war es mit ihm gekommen, und wer will auch die Gefühle derer, die man seine Freunde nennt, strapazieren? – Er, Mülli, jedenfalls nicht, und es war beschlossene Sache für ihn, ihnen nichts von seinem neuen Standort zu verraten; wenn da nur nicht der Spatz, diese Plaudertasche, wäre; der würde seinen Schnabel bestimmt nicht halten können.

Ja, es stand nicht zum Besten mit Mülli. Blieb nur die Hoffnung, daß die Dinge sich möglichst bald änderten.

Und nach einiger Überlegung schienen ihm die Aussichten auf Besserung gar nicht schlecht.

Ach, die Menschen – man konnte sich schon wundern über sie. Und wenn er jetzt an sie dachte, dann deswegen, weil er hier und da gehört hatte, daß sie sich gern auf Kosten anderer das Leben leicht machen. Und manche sagten sogar – nun, Menschen seien faul und bequem.

Vor allem die Kanalratte, die nachts gelegentlich aus dem Kanalisationsschacht heraufkam und ihn besuchte, wußte dies und noch weiteres, für die Menschen wenig Schmeichelhaftes zu erzählen. Natürlich glaubte er ihr nicht alles, ehrlich gesagt ziemlich wenig, eigentlich gar nichts, doch gesetzt den Fall, es wäre nur ein Körnchen Wahrheit in dem, was sie sagte, so würden die Menschen im Haus sehr bald merken, welch weite Wege sie jetzt zu ihm hatten und welch noch weiteren Weg mit ihm bis zur Straße und würden alles schleunigst ändern.

Am bequemsten wäre es für sie, wenn er auf der Terrasse stünde, nur mochte er daran nicht glauben. So faul sind Menschen nicht, daß sie ihren Mülleimer auf die Terrasse stellen; und am besten – für sie und auch für ihn – wäre es, sie stellten ihn wieder auf seinen alten Platz. Und war das ausgeschlossen? – Hatte er nicht mit der Straße erlebt, daß es heute „hüh" und morgen „hott" gehen konnte?

Natürlich würde er auch im Garten stehenbleiben, nur nicht gerade hier in der hintersten Ecke und in dieser Gesellschaft. Auf der anderen Seite des Gartenhäuschens, zum Haus hin, unter dem Dachvorsprung des Häuschens, das wäre ein sehr schöner Platz. Er stände trocken und könnte zum Haus hinübersehen, was die Menschen den Tag über so treiben und abends ins erleuchtete Wohnzimmer schauen und hätte nie Langeweile; und wenn sie ihm noch eine Platte oder den alten, ausgedienten Rost, der da vorne beim Heizkörper lag, unter die Füße gaben, würde er mehr als zufrieden sein. Gleich an der Ecke auf der anderen Seite des Häuschens wuchs ein Holunderstrauch. Mit dem könnte er so gut Freund werden wie mit dem Rhododendron und sicher auch mit dem Igel, der sein Nest unter dem Häuschen hat.

So dachte er und war nach dem ersten Schreck eigentlich wieder guter Dinge. „Warten wir's ab, bis sie mir Müll bringen müssen, dann werden wir sehen, was passiert."

Und so kam die erste Nacht.

Es begann zu regnen. Er stand im Freien und wurde naß wie eine Katze und fror.

Und es kam die zweite Nacht und auch die dritte, und niemand besuchte ihn, auch der Igel nicht, obgleich er nur einige Schritte von ihm entfernt wohnte. "Er hält bestimmt schon Winterschlaf", entschuldigte Mülli ihn und meinte doch, ein Krispern und Kraspern, wie wenn jemand sehr munter ist, unter dem Häuschen zu hören.

Nein, niemand besuchte ihn. Selbst der neugierige Spatz nicht.

Und nichts geschah, außer daß einmal am Tag, gegen Mittag, jemand vom Haus kam und Küchenabfälle auf den Kompost warf, und das gab ihm zu denken: „Wenn sie den weiten Weg zum Kompost machen, werden sie ihn zu mir nicht scheuen. Ich frage mich nur, warum sie mir nichts bringen."

Das war in der Tat sehr seltsam. Oder warfen sie neuerdings die Sachen, die er für gewöhnlich bekam, einfach auf den Kompost? – Nein, das hätte er gesehen... oder doch? – Er sah zum Komposthaufen hinüber. Ein Eichelhäher hockte darauf und pickte an einem Stück Schwarte.

„He, du, Kamerad", wollte er sagen, doch er merkte, daß der Eichelhäher über ihn hinwegsah, als wäre er Luft, und so schwieg er.

Ja, das waren traurige Momente.

Es war wirklich so, als hätte ihn alle Welt vergessen. So, als gebe es ihn gar nicht mehr, und zum ersten Mal in seinem Leben fragte er sich ernsthaft, wie es weitergehen soll.

Das Schlimmste war, daß nichts geschah, überhaupt nichts; und weil nichts geschah, kam er bald mit der Zeit durcheinander und – man stelle sich vor – wußte nicht einmal mehr, welcher Wochentag war und an welchem der Tage Donnerstag.

So stand er einige Zeit und verstand zunehmend die Welt nicht mehr und dachte an vergangene, schöne Tage, als eines Abends jemand vom Haus herüberkam. Er wunderte sich, wer da im Dunkeln herumtapsen mochte. Er hörte die Schritte näherkommen; noch näher jetzt, um das Häuschen herum, und dann fühlte er sich gepackt und emporgehoben. – Ach, was für ein Gefühl! Vorbei die Verbannung, endlich vorbei! Sie hatten eingesehen, daß sie ihn brauchten und brachten ihn an einen anderen Platz – aber wohin?

Auf die Terrasse?

Nein, nicht nach links, nicht die Terrasse.

Es ging durch den Garten, nach rechts, den Giebel entlang, um die Ecke herum, vorne am Haus vorbei – bekam er etwa seinen alten Platz?... sein alter Platz... ja, er bekam seinen alten Platz wieder... ja, den Gehweg hinunter und dann nach links die Einfahrt hinauf... nein, nicht nach links...

geradeaus, geradeaus weiter... aber wohin?...
geradeaus weiter durch das Tor hindurch – und
dann stand er. Er fühlte sich losgelassen, die
Schritte entfernten sich – und er stand an der
Straße.
Er stand wirklich an der Straße und verstand nun
überhaupt nichts mehr.
Was um aller Welt sollte er an der Straße?
War denn morgen Donnerstag? – Und was spielte
es für eine Rolle, ob morgen Donnerstag war? – Er
hatte doch gar keinen Müll, den er abgeben konnte;
er war leer... was sollte er an der Straße? – Und was
sollte Luigi von ihm denken?
Mülli Müllrich war einigermaßen durcheinander.
Er stand an der Straße und verstand nun wirklich
die Welt nicht mehr und die Menschen noch
weniger. Was für seltsame Dinge sie doch
machten...
Und er war so sehr mit allerhand Fragen und mit
sich selbst beschäftigt, daß er weiter nichts
mitbekam. Dann merkte er, daß er nicht alleine an
der Straße stand. Er sah sich um und begriff
zunächst nicht, was er sah, doch dann wußte er
plötzlich Bescheid.
Und so schlimm es ihn im ersten Moment auch traf,
war doch plötzlich alle Verwirrung, Unsicherheit
und Not vorbei, und er wurde ruhig wie noch selten
in seinem Leben. – Ja, alles, was er in den letzten
Wochen, Tagen und Minuten nicht hatte begreifen
können, fügte sich zu einer Wahrheit zusammen, zu

einer unumstößlichen Wahrheit: Egal, welcher Tag morgen war, es war nicht Donnerstag und nicht der Tag für die normale Müllabfuhr. Morgen wurde Sperrmüll abgefahren. Und er, Mülli Müllrich, gehörte dazu. Er, der Mülleimer, war selber Müll. Ja, Müll – Sperrmüll...

Oft hatte er in all den Jahren vorne an der Hausecke das bittere Ende der Ärmsten, die das Urteil „Sperrmüll" getroffen hatte, mitverfolgt. Und nie war ihm einmal der Gedanke gekommen, daß er eines Tages selbst so enden könnte.

Er sah die Straße hinauf und hinunter.

Vor allen Häusern lagen mehr oder weniger große Haufen mit den Sachen, die die Menschen nicht mehr haben wollten. Wenn er wissen wollte, was das im einzelnen war, mußte er nur bei dem Haufen um sich herum in die Runde schauen – und im übrigen wußte er es.

Nun stand er selbst dabei; es gab keinen Zweifel, und was es bedeutete, wußte er. Dennoch bedauerte er die anderen mehr als sich selbst, denn nichts ist schwerer zu ertragen als Ungewißheit, und in einer schrecklichen Ungewißheit befanden sich die anderen. Natürlich lamentierten einige, weil sie aus dem warmen Haus in die kalte, dunkle Nacht gebracht worden waren. Andere stellten Vermutungen an, was mit ihnen geschehen werde, und wieder andere schwiegen und gaben sich ihren Sorgen hin. Es war wie immer und wie Mülli es oft gesehen und gehört hatte, und wie immer wußte niemand, warum sie hier standen und was sie erwartete.

„Papperlapapp, nichts da, wir ziehen um", sagte eine Matratze. Sie war eine von drei Schwestern, die alle drei gegen den Zaun gelehnt standen.

„Meinst du wirklich?" fragte ihre Schwester.

„Natürlich, warum sollten wir sonst hier stehen?" Sie schwieg einen Moment. „Der Umzugswagen kommt in aller Herrgottsfrühe, und wir werden die ersten sein, die hineindürfen."

„Aber was für eine Rücksichtslosigkeit!" sagte die dritte. „Die ganze Nacht in der Kälte! Wir sind schließlich nicht irgendwer, die Menschen schlafen auf uns!"

„Eben" sagte die zweite, „und wenn wir uns erkälten – ha... hatschi...! Ich hab schon ganz nasse Füße! Und mir ist so kalt!"

„Ach, ihr meint wohl, ihr seid was Besonderes, wie, Euer...Besonderheiten", brummte ein Sessel.

„Besonderheiten?!" riefen sie alle drei.

„Seht euch doch an, durchgelegen wie ihr seid, haha..."

„Durchgelegen!?" kreischte die erste. „Sieh dich doch selber an, du, du...!"

„Ja...?" fragte der Sessel. Er war ein großer, breiter Kerl, der sich durch nichts aus der Ruhe bringen ließ.

„Du... du...!"

Der Sessel lachte.

„Wenigstens in Folie hätten sie uns einpacken können" sagte die zweite, „ stellt euch vor, es fängt an zu regnen!"

„Ach, du lieber Himmel!" rief die dritte weinerlich, „daran habe ich ja noch gar nicht gedacht."

Der Sessel lachte immer noch. „Warum denn euch! Wer seid ihr denn! – Aus dem Gästezimmerbett kommt ihr, nicht wahr? – Erst mal die, die wichtiger sind, haha, immer der Reihe nach."

„Ja, du zuerst, wie?" rief jetzt der Sprungrahmen. Er gehörte zu dem Bett, aus dem die drei Matratzen stammten, und war böse auf den Sessel. „Erst wäre ich mal dran!"

„Du?!" riefen die drei Schwestern. „Du – ?!"

„Ja, ich! – Soll ich etwa rosten, wenn es regnet! Wollt ihr Rostflecken bekommen? – Sicher, sicher... wenn ihr Rostflecken haben wollt, dann denkt an euch zuerst! Oder wollt ihr, daß ich quietsche? – Habt ihr meine Federn schon je quietschen gehört? – Oder soll mein Holz sich verziehen? – So stark verziehen, daß es auseinanderbricht, wollt ihr das? – Dann könnt ihr ja auf dem Boden liegen... und die Gäste auch... schöne Aussichten, nicht wahr?", und er lachte höhnisch.

Natürlich hatten seine Federn gequietscht, jeder hatte das hören können. Und natürlich war er bereits verrostet und hatte den Matratzen Rostflecke gemacht, aber daß er auseinanderbrechen könnte, das wollten die

Schwestern in ihrem eigenen Interesse nicht, und so schwiegen sie.

Der Sprungrahmen merkte sofort, daß er Oberwasser hatte und fing an, seine alten Geschichten zu erzählen. Damals, als er noch im Bettenhaus Liegegut im Schaufenster ausgestellt war und täglich Hunderte von Menschen am Schaufenster vorübergingen und ihn, nur ihn bewunderten. Und sogar die schöne Matratze, mit der er damals ein Paar war, hatten sie nicht so angestaunt wie ihn – und es war eine wirklich schöne Matratze gewesen. So lang wie er, in einem Stück, schlank und doch fest und ganz etwas anderes als es sonst an... hm, Matratzen gibt; und er sah die dritte Schwester an, von der er wußte, sie würde anfangen zu weinen, wenn er von seiner früheren Partnerin sprach – und richtig, sie schluchzte auch gleich los.

„Ha, du Matratzen–Held!" rief ein Koffer, der wie neu aussah und darum sehr selbstbewußt war. „In welchen Zeiten lebst du eigentlich? Hast du eine Ahnung, was heutzutage in der Welt vor sich geht? Daß ich nicht lache... ein Sprungrahmen in einem Schaufenster!"

Und wie nebenbei bemerkte er, in welchen Städten er überall gewesen war, obwohl man ihm vielleicht nicht ansehe, wie weit gereist er sei. Aber er kenne die Welt, das könnten sie ihm glauben, und Sprungrahmen in einem Schaufenster, die gebe es schon lange nicht mehr. „Lattenroste" sagte er,

„Lattenroste sieht man heute. Die Menschen wissen, wie man bequem liegt. Lattenroste, die man verstellen kann, am Kopf– und Fußende, und was ein richtiger Lattenrost ist, bei dem geht das elektrisch. Ein Knopfdruck nur, haha...“ Und dann sagte er noch, daß er morgen wieder auf Reisen gehe, so weit fort wie noch nie, aber selbst da gebe es keine Sprungrahmen im Schaufenster; und es sei nur ein Versehen, daß er hier draußen stehe, schließlich müsse er für die Reise noch gepackt werden.

„Du bist ein Großmaul“ brummte der Sessel, „so großmäulig wie dein Deckel ist. Jeder hier weiß, daß dein rechtes Schloß kaputt ist, und ehe es nicht repariert ist, wirst du nicht auf Reisen gehen. Und um auf die Folie zurückzukommen: Du bist auch aus dem Gästezimmer, oder?“, und er sah den Sprungrahmen an. Doch dem hatten die Bemerkungen des Koffers, besonders die über die elektrische Betätigung eines, wie hieß das...?, eines Lattenrostes heftig zugesetzt, und er zog es vor zu schweigen, so daß die dritte Schwester, die um seine Feinfühligkeit wußte und bei jeder Verletzung seines Stolzes mit ihm litt, noch stärker weinte.

„Also – für alle, die es nicht wissen“ sagte der Sessel und hob seine Stimme ein wenig, „für alle, die es nicht wissen – ich bin aus dem Wohnzimmer. – Mehr muß ich nicht sagen, oder?“

Einen Moment war es still, und alle schauten zu Boden.

„Ich bin auch aus dem Wohnzimmer", ließ sich eine Stimme vernehmen. Sie klang leise und gedrückt.

„Ach, du... du bist auch hier" lachte der Sessel wieder.

„Wo bist du denn? – Ich seh dich gar nicht... na, ja, liegst auf dem Boden... wie immer."

„Spiel dich nur nicht auf", sagte die Stimme und versuchte, beleidigt zu klingen.

„Wer hat denn heute schon alles seine Füße an dir abgetreten?" fragte der Sessel.

„Ich bin kein Fußabtreter, ich bin ein Teppich."

„Ach, ein Teppich..."

„Ein kleiner Teppich ist auch ein Teppich."

„Ja, ein Teppichlein, ein kleines Teppichlein, wie niedlich! – Seid ihr alle dafür, daß unser klitzekleines Teppichlein zuerst in Folie eingepackt wird?"

Mülli stand und hörte sie reden.

Und je länger sie redeten, desto mehr zweifelte er, ob er oder sie bei klarem Verstand waren.

Sind die alle irr, dachte er. Was ist das für eine Folie? – Von was für einer Folie reden die?

„Ich will zuerst eingepackt werden", rief er.

Einen Moment schwiegen alle, dann lachten sie los.

Sogar die dritte Schwester lachte und weinte noch ein bißchen, so daß sie selbst nicht wußte, ob sie lache oder weine: „Haha... Mülli...! – Hört ihr das!

Mülli will zuerst eingepackt werden! – Ja, Mülli
soll zuerst eingepackt werden, haha...“
Alle lachten, nur der Spiegel nicht.
Er stand neben den Schwestern am Zaun und
dachte: Was geht mich das Geschwätz an? – Es
mag regnen, soviel es will, das schert mich nicht.
Hoffentlich ist nur die Nacht bald vorbei. Es wird
Zeit, daß es hell wird und jemand kommt und in
mich hineinsieht. Ich weiß nicht, wer ich bin, wenn
nicht jemand in mich hineinsieht. Die anderen
wissen auch nicht, wer sie sind. Sie wissen es nicht
und werden es nie wissen. Niemand kann in sie
hineinsehen... sie selbst am wenigsten – arme
Geschöpfe. – So dachte er, aber er hatte kein
Mitleid in sich.
Ich kann in mich hineinsehen, oder ich kann mir
einbilden, daß ich es kann – und das ist nicht
weniger gut.
Und für einen Augenblick vergaß er, daß alle, die
in ihn hineinblickten, einen Riß quer über sich
hinweg hatten, und daß die, die es zu lange taten,
den Riß möglicherweise durch sich hindurch
bekamen wie er selber auch. – Was für ein
Geschwätz den lieben langen Tag lang! Ich brauche
kein Geschwätz. Ich bin mit mir alleine glücklich.
Er stieß die dritte Schwester an: „Hör auf zu
krakeelen, du Heulsuse!“
„Au...!“ schrie die, „ich heule doch gar nicht, ich
lache!“

Ja, so ging es dort zu an der Straße, und Mülli dachte: Gut, daß sie nicht wissen, was auf sie zukommt.

Es war eine Zeitlang still. Dann fing jemand leise an zu weinen.

„Sie haben sich doch so gefreut, als ich damals in ihr Haus kam... welch eine Freude war das – und jetzt...“

„Hör auf zu jammern“, sagte der Sessel.

„Welch eine Freude...“, fing die Vase wieder an. „Ich war ein Geschenk... welche Freude – und jetzt... jetzt steht man hier im Dunkeln und weiß nicht, was wird.“

„Wir ziehen um!“ riefen einige.

„Aber habt ihr nicht gesehen“, sagte plötzlich ein Staubsauger und hustete dabei, „entschuldigt, ich habe soviel Staub schlucken müssen in meinem Leben... habt ihr nicht gesehen, vor allen Häusern stehen Sachen – ziehen denn alle Leute hier in der Straße um?“

Ja, dieser Blödian von Staubsauger, dachte Mülli, eine solche Frage! Die Vorstellung von einem Umzug wäre für alle doch zu schön gewesen, und nun kommt dieser kurzatmige Kerl mit einer solchen Frage!

Natürlich entstand sofort wieder Unruhe unter ihnen, und das Gezänk begann von neuem. Weiter an einen Umzug zu glauben fiel allen schwer – aber warum sonst standen sie hier?

Mülli sah sich um, und er fragte sich, ob wirklich keiner von ihnen wußte, daß sein letztes Stündlein gekommen war. Er sah sie der Reihe nach an, und nur beim Spiegel war er sich nicht sicher, ob der nicht etwas wußte.

So ein Spiegel, dachte er, das ist ein verflixtes Ding. Du weißt nie, wo du mit ihm dran bist. Du siehst ihn an, und was siehst du – vor allem dich selbst. Und vielleicht war das der Grund, warum er meinte, der Spiegel wüßte Bescheid.

„Guten Abend, Mülli", sagte plötzlich jemand.

Er sah sich um, aber alle redeten aufeinander ein, und er sah niemanden, der ihn ansprach.

„Hier bin ich... hier unten", sagte es, und jetzt erkannte er die Stimme.

„Ach, du bist es."

„Ja, ich. – Was machst du hier?"

Mülli schwieg. – Was sollte er sagen – ?

„Heute ist doch Dienstag, du bist noch nicht dran. Oder willst du dir den Mond anschauen?"

Mülli schwieg weiter.

„Was ist los mit dir? Hat's dir die Sprache verschlagen? – Du mußt dich nicht wundern, die sind so – Sperrmüll...!"

„Pssst" machte Mülli.

„Wie – ?"

„Nicht so laut!"

„Warum?"

„Pssst... komm rauf zu mir."

Mülli stand genau an dem Platz, wo er immer an der Straße stand: Dicht bei einer Kastanie, deren eine Wurzel in Richtung zur Straße hin etwas abfällt, so daß der Boden genau zu Müllis schiefen Füßen paßt. Wenn er richtig herum stand, mit dem rechten Griff zum Baum hin, sah niemand, daß er diesen kleinen Fehler hatte, und er stand aufrecht wie früher ein Soldat.

„Los, komm rauf", sagte er noch einmal.

Ratz, die Kanalratte, kletterte am Stamm der Kastanie hinauf und sprang auf Müllis Deckel.

„Iiih... eine Ratte! Iiih...!" kreischte die zweite Schwester.

„Huch, wie eklig...!" schrie die erste. Die dritte überlegte, ob sie anfangen sollte zu weinen, doch dann fiel sie vor Schreck – oder war es ein plötzlicher Windstoß – einfach um.

Sie erschraken alle und fast alle schrien auf. Sogar der Sessel zuckte zusammen und wollte seine Beine an sich ziehen – allein der Spiegel blieb ruhig. Sieh da, dachte er, eine Ratte. Eine Ratte hat noch nie in mich hineingesehen, das wäre einmal etwas Neues. Aber soviele Bilder schon und nun noch ein weiteres... weiß ich denn mit diesem einen mehr, wer ich bin? – Egal, wenn sie doch bleibt, bis es hell wird.

Ja, es war ein unwürdiges Gezeter wegen der Ratte. Mülli schämte sich, daß alle so ihre Fassung verloren, und mehr Haltung durfte man von ihnen erwarten, dachte er.

„Nimm's nicht so schlimm", sagte er zu Ratz, „sie sind so."

„Ja, so sind sie." Ratz sah in die Runde. Seine Augen funkelten, daß bald die zweite Schwester umfiel. „So sind sie", rief er laut, „und sie haben es von den Menschen! – Alles... alles haben sie den Menschen zu verdanken, hahaha...!"

Die Augen funkelten; und er zog auch ein wenig die Lippen hoch, daß alle seine spitzen Nagezähne sehen konnten und sich noch mehr fürchteten. In Wirklichkeit jedoch war er nicht beleidigt oder gar böse, denn daß man ihm mit Abscheu oder Entsetzen begegnete, erlebte er jeden Tag, und warum das so ist, wußte er.

„Beruhigt euch", rief Mülli, „er tut euch nichts!" Und dann rief er noch: „Er ist mein Freund!" – und rief es und wunderte sich über sich selbst.

Was hatte er da gerufen? – Das war in der Tat so erstaunlich, daß alle im selben Augenblick verdutzt schwiegen und die beiden anstarrten. Eine Zeitlang war es still; dann begannen sie zu tuscheln, und der Sessel sagte laut: „Schöner Freund...!" und drehte sich von Mülli ab.

„Danke, mein – Freund", sagte Ratz und lächelte Mülli seltsam an.

Dieser war in Gedanken versunken und überlegte, ob er Ratz wirklich seinen Freund nennen konnte. Er hatte noch nie darüber nachgedacht, und auch jetzt wußte er nicht, was er davon halten sollte. Natürlich kamen sie öfter zusammen und redeten miteinander, und Angst wie all die anderen hatte er vor Ratz nie gehabt. Aber ob er wirklich ein Freund war wie das Fallrohr oder der Rhododendron wußte er nicht.

Ratz redete manchmal seltsame Dinge, die Mülli nicht verstand oder vielleicht nicht verstehen wollte; und richtig warm, wie man so sagt, war er mit ihm nie geworden. Dennoch achtete er ihn als jemanden ohne jeden Falsch und hatte keinerlei Vorurteile.

„Also, was machst du hier?" fragte Ratz. „Hast du dich nicht im Wochentag geirrt?"

Mülli sah über die Straße, und ihm fiel kurz das schöne Fräulein Schönmüll ein. „Ich bin mit dabei", sagte er.

„Du bist mit dabei?!" rief Ratz.

„Pssst... nicht so laut."

„Was heißt nicht so laut? – Schreien mußt du!"

„Die...", Mülli sah umher, „die wissen es nicht."

„Die wissen es nicht?"

„Nein."

Einen Augenblick sah es so aus, als würde Ratz loslachen, aber er verzog nur den Mund und murmelte: „So, so... die wissen es nicht."

Sie schwiegen beide.

Mülli sah wieder über die Straße und dachte daran, daß er den Spatz hatte losschicken wollen, um dem Fräulein zu sagen, wie schön sie sei und daß er ihr gewiß eine Freude damit gemacht hätte; um so mehr, wenn der Spatz eine Blüte vom

Rhododendron gepflückt und dem schönen Fräulein übergeben hätte – aber hatte er ihn wirklich schicken wollen oder dachte er das jetzt nur? – Nun, egal... es war vorbei, alles war vorbei, vorbei... und Mülli lächelte.

Ratz hatte die Augen geschlossen und dachte nach.

„Bist du ganz sicher? – Und du dabei?" fragte er.

„Ja" sagte Mülli.

„Warte einen Moment", flüsterte Ratz. Er sprang an die Kastanie, huschte den Stamm hinunter, dem Sessel zwischen den Beinen hindurch, daß der vor Schreck fast einen Purzelbaum schlug, lief über den Rasen, unter die Blätter des Rhododendron und war im nu wieder zurück.

„Hab ich recht?" fragte Mülli.

Ratz nickte.

„Da steht ein neuer."

Ratz nickte wieder.

„Einer von diesen..."

Ratz nickte.

Nun war endgültig Gewißheit, was für Mülli ohnehin Gewißheit gewesen war.

Und seltsam – war er vorher schon ruhig gewesen, so kam jetzt zu seiner Ruhe noch etwas hinzu, von dem er nicht wußte, wie er es nennen sollte. Es war ein Gefühl, gerade nicht so, als solle sein Leben enden, sondern erst richtig beginnen. Und warum nur? – Morgen früh würde er sterben, da war kein Zweifel. Und hatte er etwa Angst? – Nein, da war nur dieses schöne Gefühl... ein so schönes Gefühl der Freude auf ein neues, ganz anderes Leben, daß er zu weinen begann. Er hatte nie geweint und nicht einmal gewußt, daß er weinen kann, und nun weinte er.

Natürlich dachte Ratz, er weine vor Angst, und wollte ihn trösten, aber Mülli sagte: „Nein, ich weiß nicht – ich... freue mich."

Ratz sah ihn an. Er sah ihn lange an, nickte dann und sagte: „Ich weiß, mein Freund."

Die beiden schwiegen und um sie herum fing der Zank und Streit wieder an

„Du bist mir der Richtige", klapperte der Schrank, und seine Türen schwangen hin und her. Er war ein einfacher, bescheidener Kleiderschrank, und eigentlich durfte er sich nicht aufregen – seine linke Tür hing schief im Scharnier. Gäbe es einen Kleiderschrankdoktor, so hätte der ihm gesagt, er müsse sich ruhig halten.

„Ganz recht, ich bin der Richtige", rief der Tisch zurück. Er trat schnell von einem Bein auf das andere. Manchmal geriet er etwas durcheinander damit und kam ins Straucheln. Warum und in welchem Zusammenhang er meinte, der Richtige zu sein, wußte er nicht, und worüber er sich mit dem Schrank stritt erst recht nicht. Der Schrank wußte es ebenfalls nicht. Offensichtlich ging es ihnen nur noch darum, sich gegenseitig zu beleidigen.

„Du meinst, weil du auf gedrechselten Beinen stehst, kannst du dir das erlauben", knarrte der

Schrank und bemühte sich, seine schiefe Tür ruhig zu halten. „Ha, bei mir nicht, bei mir nicht, ich weiß Bescheid."

„Das einzige, was du weißt, ist, daß ich der Richtige bin, haha..."

„Die anderen magst du täuschen – ha, Furnier... billiges Furnier!" rief der Schrank. Im Bewußtsein, seinen besten Trumpf ausspielen zu können, hatte er sich beruhigt.

„Du bist ein Lügner!" schrie der Tisch.

„Nein, du bist ein Betrüger!"

„Sag das nicht noch einmal, du... du... wurmstichiges Gestell!"

Und so ging es fort.

Alle waren sie in Unfrieden miteinander; sogar die drei Matratzen, die sich als Schwestern doch besonders liebhaben sollten, fielen übereinander her und schrien und kreischten und heulten; und der Grund, warum sie sich angingen, war der, daß jede behauptete, der Sprungrahmen habe sie am liebsten, aber der hatte keine von ihnen lieb, sondern nur sich selbst, und darum freute er sich an ihrem Streit.

Es war wirklich nicht mitanzuhören, und die Eule, die oben in der Kastanie saß, rollte erschrocken mit ihren großen Augen und flog auf leisen Schwingen davon.

Und in dem ganzen Wust von Beschimpfungen, Kleinherzigkeit und sogar Haß waren es nur Mülli und Ratz, die Ruhe hielten. Sie schauten in die

Runde. Ratz schüttelte den Kopf und sah dann Mülli an.

„Bist du mein Freund?" fragte er.

„Ja", sagte Mülli. Er sagte es ohne Zögern und ohne einen Zweifel dabei zu verspüren.

Ratz sah ihn weiter an. „Dann weißt du, was du tun mußt."

Mülli überlegte einen Augenblick, und dann nickte er.

„Du mußt es ohne mich tun", sagte Ratz. „Es ist besser, wenn ich nicht dabei bin. Später komme ich wieder." Und sprach's und husch...!, war er in der Nacht verschwunden.

Mülli versuchte sich zu sammeln. Was er tun mußte, war nicht einfach. Dann klapperte er mit dem Deckel. „Freunde!" rief er und noch einmal: „Freunde...!" Aber alle hatten sich so in ihr Gezänk verstrickt, daß niemand ihn hörte. „Freunde...!" rief er erneut, und im selben Augenblick zuckte ein Blitz am Himmel. Alle rissen die Augen auf. Es wurde mucksmäuschenstill.

„Ein Gewitter! Ein Wintergewitter – !" rief jemand. „O, je..."

Mülli erschrak im ersten Augenblick selbst. Ein solch ungewöhnliches Zeichen, das konnte nur noch mehr Unruhe und Besorgnis mit sich bringen, und das tat es auch bei allen. Aber Mülli dachte, was haben wir denn noch zu verlieren. Er faßte sich sofort wieder und rief in die Stille: „Freunde...!"

„Freunde...?!" kam es zurück, „ich verbitte mir solche Vertraulichkeiten – von einem Mülleimer sowieso. Und von jemand, der eine Ratte Freund nennt, allemal." – Das war – wer konnte es anderer sein? – der Sessel, der sich nach Mülli als erster wieder gefaßt hatte.

Aber Mülli ließ sich nicht beirren. „Wenn ihr nicht wollt, daß ich euch Freunde nenne, gut, dann sage ich – Schicksalsgefährten..." und er redete nicht lange darum herum, und bald fiel das Wort „Sperrmüll". Und wer nicht wußte, was ihn erwartete, dem sagten es die anderen.

Natürlich war das Entsetzen groß.

Im ersten Moment waren alle still. Dann, als ihr Schicksal ihnen endgültige Gewißheit war, fingen sie an zu weinen und zu schreien. Vor allem die Vase hörte man immer wieder: „Ich war doch ein Geschenk! – Warum wollen sie mich nicht mehr... warum...?"

Mülli überließ sie ihrem Leid. Im Laufe der Nacht – und sei es aus Erschöpfung – beruhigten sie sich, und Mülli begann, ihnen Trost zuzusprechen.

Er erzählte, wie – glücklich er sei, seit er wisse, daß er sterben werde und daß ihm sei, als begänne ein neues Leben, ein schönes Leben, ein viel schöneres als das bisherige. „Erst in der Not zeigt jeder sein wahres Gesicht", sagte er. „Aber das, welches ihr bisher gezeigt habt, ist nicht euer Gesicht, nicht euer richtiges, es ist ein – Menschengesicht, so wie eure Seele eine Menschenseele ist. Rechthaberei,

Neid und Eitelkeit regieren darin, Angst, Verzagtheit und Boshaftigkeit, Eifersucht, Neid und Haß. Erinnert euch, wer ihr wirklich seid, und ihr findet euer wirkliches Gesicht – es ist nicht das, das ihr im Spiegel seht."

Er sah in die Runde.

„Du", sagte er zum Schrank, „weißt du noch, wer du bist, wer du wirklich bist? – Ein Schrank? – Nein... du bist ein Baum, ein hoher, herrlicher Baum. Du hast auf dem Gipfel eines Berges gestanden und weit in die Welt geschaut. Du hast frische Winde um dich gehabt und die Geheimnisse der Welt verstanden. – Und dann, was bist du geworden? – Ein Schrank, ja – aber was ist ein Schrank? – Bretter, nur noch Bretter... kein Baum, kein Gipfel mehr, kein Wind und Wetter, keine Geheimnisse, keine Welt – kein Leben.

Die Menschen haben dich zu ihrem Sklaven gemacht – in ihrem Haus eingesperrt ihr Sklave. Mit ihren Sachen, ihren parfümierten Sachen, die sie vergessen machen, daß sie übel riechen, haben sie dich vollgestopft und mit Mottenkugeln, die deine Sinne benebeln, haben sie dir die letzte Erinnerung genommen. Und du warst stolz, eingesperrt und vollgestopft zu sein, den Geruch der Menschen zu haben und hast vergessen, wer du bist.

Besinne dich, wer du bist! Hab keine Angst vor dem, was kommt. Du bist vor langer Zeit schon gestorben, damals, auf deinem hohen Gipfel, als sie

Hand an dich legten und du fielst. Und wenn du meinst, noch einmal zu sterben, dann stirbst du nicht wirklich, dann wirst du – frei. Ja, frei von den Menschen...

Doch was rede ich von dir – ich selber war ihr Sklave, ich am meisten. Ohne mich und meinesgleichen würden sie in ihrem eigenen Dreck ersticken – ja, Schmutz und Dreck, nichts für ihre feinen Nasen; *ihr* Schmutz und Dreck – ihre Selbstsucht und Habgier machen alles zu Schmutz und Dreck, und ich habe ihnen geholfen. – Ja, ich bin schuldig. Ich habe verdient, was jetzt geschieht. Ich will es gerne auf mich nehmen."

So sprach Mülli.

Und wieder wunderte er sich über sich selbst. Natürlich hatte seine Rede vieles von dem enthalten, was Ratz über die Menschen und ihr Tun erzählt hatte und von dem er plötzlich wußte, daß es wahr war, weil er merkte, daß er das alles in seinem Innersten selbst auch schon gewußt hatte.

Es war lange still, nachdem er gesprochen hatte.

Einige weinten leise vor sich hin, jedoch nicht mehr so sehr aus Angst, sondern weil sie begannen sich zu erinnern, wer sie einstmals waren und was aus ihnen geworden war. Es waren Scham über sich selbst und auch Zorn auf die Menschen, die sie weinen ließen. Und als es mit der Furcht erst vorbei war, ging es ihnen wie Mülli: Sie ängstigten sich nicht länger vor dem Tod, sondern freuten sich auf ein neues Leben.

Sie erzählten einander aus ihrem früheren freien Leben und sprachen sich Hoffnung zu, daß es wieder so werden würde. Selbst der Spiegel besann sich, daß er in seinem reinen Wesen ein Kind der Natur war, das als Sand, als reiner, heller Sand mit den Wellen eines Sees gespielt hatte. Er fühlte, wie der Wahn, von dem er besessen gewesen war, von ihm wich. Er verfluchte sein Leben im Dienst der Menschen und die Eitelkeit und den Wahn der Menschen selbst auch.

Ja, wie sehr hatte sich alles verändert seit Müllis Rede. Einige drängten sich zu ihm hin und dankten ihm und sagten, sie hätten sich nie vorstellen können, daß er einmal eine solche Bedeutung für sie haben würde, denn schließlich sei er – und entschuldige bitte, sagten sie – in ihren Augen doch immer nur ein... nun, ja, Mülleimer gewesen.

„Ja", sagte Mülli, „und genau das ist das Schlimme, das die Menschen euch beigebracht haben: Ihr habt die Dinge nach ihrem Schein beurteilt und nicht danach, was sie wirklich sind. Und weil ihr gute Schüler der Menschen wart, habt ihr euch auch nicht darum bemüht, die zu sein, die ihr wirklich seid; so habt ihr eure Würde verloren – und ich auch."

Alle nickten und verstanden sehr wohl, was Mülli meinte. Und jeder wußte, daß er Schlimmes getan hatte, als er sich im Dienst der Menschen so erniedrigt hatte.

Und so kehrte nun Friede in sie ein. Vor den anderen Häusern jedoch, wo niemand wie Mülli war, der die Verdammten zu sich führte, war überall Zwist und Streit, und unwissend über ihr nahes Ende gingen sie mit Zwist und Streit und verlorenen Seelen ihrem Tod entgegen.

Um Mülli herum sah man es und fing an leise darüber zu reden, bis plötzlich, husch...! und niemand hatte gesehen, woher, Ratz wieder unter ihnen war und mit einem Satz auf Müllis Deckel sprang. Alle verstummten und sahen ihn an, aber niemand kreischte oder schrie.

Ratz sah in die Runde und betrachtete jeden einzelnen.

„Ich bin Ratz, der Rattenkönig" sagte er. „Ich habe alles gehört, was Mülli gesagt hat, und habe gesehen, was seitdem mit euch geschehen ist. – Ich danke dir, Mülli. Ich habe gewußt, daß du mich verstehst."

Ja, wenn man nur verstehen will, dachte Mülli – und Ratz, sein Freund Ratz, war der König der Ratten... wer hätte das gedacht.

„Hört", sagte Ratz, „was Mülli sagt, ist alles wahr. Aber es ist nicht die ganze Wahrheit. – Nach eurem Tod werdet ihr frei sein... frei von den Menschen... aber nicht wirklich frei. Wenn ihr so sterbt, wie die Menschen es mit euch vorhaben, könnt ihr nicht frei werden. Ihr werdet ihre Sklaven bleiben. Als letzten Beweis ihrer Verachtung werfen sie euch auf die Müllhalde, und eure Seelen gehören weiter ihnen."

„Aber wir wollen frei sein", rief der Sessel, „endlich wieder frei!"

„Ihr sollt frei werden", sagte der Rattenkönig. „Wenn ihr mir vertraut, werden eure Seelen frei durch die Lüfte schweben. Aber es bleibt dabei, ihr müßt sterben – nur nicht auf die Art, wie die Menschen es wollen."

„Wir wollen sterben", rief der Koffer, „aber nicht allein. Die Menschen sollen auch sterben, sie sind die Schuldigen!"

„Ja, ja, sie sollen sterben", riefen andere.

Der Rattenkönig wartete, bis es ruhig wurde. „Die Menschen haben viele Fehler" sagte er. „Ihr schlimmster Fehler ist, daß sie nur an sich denken und treulos sind. Was das bedeutet, seht ihr an euch. – Aber denkt nicht, daß sie nur mit euch so umgehen. Sie behandeln einander genauso, und wer alt ist oder ihnen im Wege und lästig, dem ergeht es nicht anders. Dennoch – glaubt mir, ich bin kein Freund der Menschen, und keine Ratte ist es, aber die Frage, ob sie sterben sollen, haben wir nicht zu entscheiden."

Alle schwiegen und dachten nach.

„Es ist wahr, darüber haben wir nicht zu bestimmen", sagte Mülli.

„Du hast gesagt, du hast dich schuldig gemacht und hast den Tod verdient", rief der Koffer, „die

Menschen haben viel größere Schuld, sie müssen sterben!"

„Ja, ja, sie müssen sterben!" riefen viele.

„Freunde", rief Mülli, „besinnt euch! Ihr seid nicht besser als sie, wenn ihr ihren Tod fordert; und im übrigen – so wie sie sind, werden sie sich selbst zugrunde richten!"

„Ja, sie werden sich selbst zugrunde richten!" riefen alle und sogar der Koffer, „wir wollen nicht so sein wie sie!"

Der Rattenkönig hörte ihnen zu. „Seid ihr zum Sterben bereit?" fragte er.

Zum Sterben bereit...

Sollte es soweit sein, hieß es Abschied nehmen von dieser Welt, die sie kannten? – Ein Abschied, von dem sie nicht wußten, wohin er sie führte...

„Wie sollen wir sterben?" rief die erste Schwester.

„Wir kennen dich nicht, wie können wir dir vertrauen!" krächzte der Teppich.

„Wir müssen es wissen" riefen andere.

„Wollt ihr es wirklich wissen?"

Alle sahen sich an. Gerade wollte die zweite Schwester rufen: „Ja, wir wollen es wissen!", als Mülli sagte: „Nein, mein Freund."

Der Rattenkönig lächelte und nickte mit dem Kopf. „Gut, so sage ich euch: Seid bereit!"

Der Rattenkönig sah sie der Reihe nach noch einmal an und faßte Müllis Arm. Dann blickte er in den Himmel, der ohne Mond und Sterne war. Seine Augen funkelten und begannen zu glühen; sie glühten wie zwei rote Kohlen, und plötzlich zuckte wieder ein Blitz am Himmel. Er fuhr herab bis zur Erde und mitten unter sie. Im nu standen alle in Flammen.

Das Feuer schlug hoch. Die Körper wanden und verzogen sich. Es war als ächzten und seufzten sie, doch in Wahrheit löste sich die Seele von ihnen und schwebte mit den heißen Lüften empor und war frei.

Dann folgte ein Donnerschlag. Im selben Augenblick erhob sich ein Sturm. Er fuhr in die Flammen. Sie loderten auf und alles verging in heißester Glut.

Und Mülli – ?

Mülli stand; er stand und fiel und wankte nicht. Er stand in der Gluthitze. Sie war so groß, daß er zu glühen begann, durch und durch. Er fühlte, wie aller Schmutz und Dreck der Menschen, der ihm je angehaftet hatte, in dieser Glut verbrannte und sich in Nichts auflöste. Und mitten in der größten Hitze und Glut entsann er sich plötzlich, wie er einstmals aus ebensolcher Hitze und Glut entstanden war; und ebenso plötzlich wußte er, daß er in diesem Feuer nicht sterben, sondern tatsächlich zu einem neuen Leben erstehen würde – und dann wußte er nichts mehr.

Die Nacht war vorbei. Es wurde hell. Die Kastanie stand völlig unversehrt da. Von dem Brand, der unter ihr gelodert hatte, keine Spur: Kein Rauch, keine Asche, nichts – ja, ein so eigenartiges Feuer war es, das der Rattenkönig entzündet hatte. Und wüßten wir nicht, was wirklich geschehen war, so hätte man meinen können, jemand habe all die Sachen unter der Kastanie über Nacht fortgeschafft – bis auf den Mülleimer.

Der stand noch da. Er wußte allerdings nicht mehr, daß er ein Mülleimer gewesen war; sein Name war ihm ebenfalls entfallen. Er stand da und sah auch nicht mehr ganz so aus wie ein Mülleimer, aber er war so blank wie früher einmal und freute sich – auf was, wußte er gar nicht, und eigentlich könnte die Geschichte jetzt zu Ende sein, oder?

Nein, ganz zu Ende ist sie noch nicht.

Ich muß dir noch erzählen, wie sein neues Leben begann und dann weiterging.

Er stand dort also unter der Kastanie. Dann kamen zwei Jungen, ja, so einer wie du und dein Bruder, und sie blieben stehen. Sie sahen sich Mülli an und sagten: „Der ist richtig." Dann packten sie ihn und trugen ihn fort. Sie nahmen ihn mit nach Hause und dort versteckten sie ihn.

Sie wollten wohl jemand eine Überraschung bereiten und machten alles heimlich. Sie füllten Erde in Mülli, fruchtbare, schwarze Erde, und steckten ein Samenkorn hinein. Dann gossen sie Wasser darüber und gossen jeden Tag, und bald steckte ein Keimling seinen Kopf aus der Erde. Er wuchs rasch und bekam einen festen Stengel und große Blätter und wurde immer größer, und eines Tages stellten die beiden Jungen Mülli und die

Blume auf eine sonnige Terrasse. Sie riefen laut und ein Mann und eine Frau kamen. – Ja, war das eine Überraschung und Freude!

Und vor lauter Freude, daß alle sich so an ihr freuten, bekam die Blume eine wunderschöne Blüte mit großen, gelben Blütenblättern und einem schwarzen Kern darin und wurde jeden Tag größer und schöner.

Und alle freuten sich immer mehr, am meisten jedoch Mülli, der sie über sich sah wie eine leuchtende Sonne. Sie schwankte im Wind und blickte manchmal zu ihm herunter und lächelte ihn an und leuchtete in der Tat mit der Sonne um die Wette; und fast mochte man glauben – vielleicht weil sie glücklich war und alle glücklich machte – , sie leuchtete sogar mehr als die Sonne. Aber das ist, wie ein jeder weiß, natürlich nicht möglich.

Mülli jedenfalls glaubte es. Er war überglücklich und fand, es sei nichts Passenderes in der Welt, als daß die Jungen und der Mann und die Frau „Sonnenblume" zu seiner schönen Gefährtin sagten; und daß sie ihm selbst noch keinen Namen gegeben hatten, fiel ihm nicht einmal auf. Er merkte nur, er hatte einfach alle lieb.

Einer flüchtigen Bekanntschaft

Ein schöner Tag, ein schönes Jahr

Die Fahrgeräusche des Zuges werden leiser.

Er beginnt sie zu hören, aber vorläufig sind es irgendwelche Geräusche, die er mit nichts in Verbindung bringt.

Das, was von ihm schon wach ist, empfindet sie einzig als lästig, und es äußert sich in einem als schlummerndes Gefühl vorhandenen Wunsch, sie möchten aufhören und seinen Schlaf nicht weiter stören.

Doch sie hören nicht auf.

Die Empfindung wird stärker und verändert sich, und ihm ist, als dringe zugleich mit dem Geräusch ein Gefühl von Unmut in seinen Schlaf, und es ist jetzt weniger das Geräusch als solches, das ihn wach werden läßt, als vielmehr dieses ausgreifende Gefühl.

Und es läßt ihn so weit wach werden, daß er sich fragt, nein, es ist die Empfindung einer Frage nur, ob die Geräusche noch seinem Schlaf angehören oder bereits einem Wachen.

Einem Wachen – aber er will nicht aufwachen.

Noch weitgehend in der Besinnungslosigkeit geborgen, kämpft er um seinen Schlaf und versucht sich fallen zu lassen; und irgendwo in ihm ist eine Erinnerung, daß es ihm – irgendwann in seinem

Leben oder während dieses Schlafs – einige Male schon gelungen ist. Momente von Freude blitzen dann auf. Sie verdrängen das Unmutsgefühl – und er fällt, fällt in sich hinein, ein wunderschönes, leichtes Fallen, das sich allem Unmut für alle Zeiten entzieht... bis die Geräusche wieder kommen, diese Fahrgeräusche – ja, Fahrgeräusche...

Er hört in sie hinein und beginnt sie zu unterscheiden – und weiß, wo er ist.

Ich muß die Augen aufmachen, denkt er. Ich muß die Augen aufmachen und umsteigen.

Er fühlt seine Müdigkeit. Eine furchtbar schwere Müdigkeit, als käme er wirklich aus einer Bewußtlosigkeit zu sich, und versucht die Augen zu öffnen, aber es gelingt ihm nicht. Er ist sich sicher, zu lange geschlafen zu haben, und die Erinnerung an kurze, kaum bewußte Dämmerzustände, in denen er diesen Zwang, die Augen zu öffnen und hinauszusehen verspürt hatte, und wo stets das Schlafbedürfnis ohne Mühe gesiegt hatte, ist jetzt deutlicher. Wahrscheinlich immer dann, wenn der Zug gehalten hatte und die Stille oder Lautsprecherdurchsagen in den einzelnen Stationen die Monotonie der Fahrgeräusche unterbrochen hatten.

Mach die Augen auf, sagt er sich.

Du mußt sehen, wo du bist – und wieder einschlafen kannst du sowieso nicht, dafür bist du bereits zu wach.

Aber alles wäre ihm leichter gefallen, als die Augen zu öffnen.

Er fühlt sich wie erschlagen, und es kommt ihm vor, der Schlaf hat ihn müder gemacht, als er vorher war; und wo er ist, interessiert ihn nicht, nicht so sehr, um die Augen aufmachen zu können.

Es ist mehr eine Art Pflichtgefühl, das ihm sagt, mach die Augen auf – weil man sie endlich und irgendwann aufmachen muß, aber es ist ihm egal, wo er ist; und daß er nicht da ist, wo er hingewollt hatte, wird ihm mit jedem Moment, den er weiter zu sich kommt, klarer.

Hamburg vielleicht, denkt er, oder Bremen.

Soweit seine Müdigkeit es schon zuläßt, macht ihm die Vorstellung Spaß.

Hamburg ist eine schöne Stadt, und Bremen auch, warum also nicht?

Gleis soundso, hatte die Schalterbeamtin in Magdeburg gesagt, und in Hannover umsteigen...

Natürlich, in Hannover umsteigen, aber Hannover war lange vorbei, mußte lange vorbei sein, und er war noch immer in diesem Zug, von dem er nicht wußte, welchen Zielbahnhof er hatte. Auf jeden Fall nicht Richtung Frankfurt oder darüber hinaus, sonst hätte ich in Hannover nicht umsteigen müssen, denkt er; und es ist mir egal, wenn ich nur wieder einschlafe und die beschissene Müdigkeit vergeht. Aber ich bin schon zu wach, um wieder einschlafen zu können, und andererseits zu müde, um die Augen zu öffnen, und er denkt, das ist ein beschissener Zustand.

Er tastet mit der linken Hand umher und kriegt die Armlehne zu fassen und richtet sich etwas auf. Gleich, denkt er, gleich hast du´s geschafft.

Er döst noch etwas und hat noch einmal die Schalterbeamtin in Magdeburg vor Augen, und wie sie ihn so seltsam ansieht, und dann öffnet er die Augen.

Die Nacht ist vorüber, natürlich. Und Hannover auch.

Eine graue Morgendämmerung liegt im Fenster, vor dem ein wirres Muster kreuz und quer laufender Drähte der elektrischen Fahrleitung langsam vorbeizieht.

Er sieht sich das an und sieht es und fühlt nur seine Müdigkeit und richtet sich weiter auf. Fahrdrähte sind Fahrdrähte, denkt er, und ob in Hamburg oder in Bremen, das nimmt sich nichts.

Nach links hin sieht er ein breites Feld von Geleisen, das sich zu seinem Rand hin im Zwielicht verliert. Dann fächern sie sich auf und Bahnsteige kommen mit ins Bild. Die Röhrenlampen unter den Bahnsteigüberdachungen flackern. Sie sind Punkte von Licht, das nichts mehr erhellen kann, und nur das Flackern macht auf sie aufmerksam.

Wie es aussieht, ist es keine ganz große, aber doch größere Station, in die er einfährt. Ein Schild mit dem Namen des Bahnhofs sieht er nicht.

Der Zug bremst jetzt ab. Die Räder des Wagens rubbeln und poltern und quietschen; es macht einen Ruck, und der Zug hält.

Er sieht nach rechts durch das Fenster über die Gangseite hinaus.

Es gibt dort nur den einen Bahnsteig, auf den er aussteigen muß, und jenseits davon ein Geleis, das längs der langen, sehr, sehr langen, fensterlosen Wand eines Gebäudes verläuft, von dem er wegen der Bahnsteigüberdachung nicht sehen kann, wie hoch es ist.

Er erhebt sich.

Er schiebt den gegenüberliegenden Sitz von der Liege– in die Sitzposition, und währenddem kommt die Lautsprecherstimme: „Hier ist Essen Hauptbahnhof, Essen Hauptbahnhof. Auf Gleis zwei..."

Essen – schön..., denkt er.

Er zieht das Fenster hinunter und beugt sich etwas hinaus.

Rechts voraus über der Überdachung des nächsten Bahnsteiges sieht er die dunklen Klötze von Hochhäusern gegen den helleren Himmel und unter dem Hauptträger der Überdachung dann auch das Schild: Essen Hbf.

Essen – tatsächlich.

Es ist kein wirrer Traum, er ist in Essen.

Es macht ihm Spaß, das Schild zu sehen. Gegenüber dem flüchtigen Verhallen der Stimme scheint es ihm den höheren Beweiswert zu haben.

Das Ganze ist zum Schluß wie eine Kirmeslotterie mit Städtenamen gewesen. Er hat in den Topf gefaßt, ein Los gezogen, es geöffnet, und nun sieht er schwarz auf weiß „Essen". Was das bedeutet, ist klar – der Hauptgewinn, was sonst?

Oder?

Und er wartet einen Augenblick auf die Lautsprecherstimme, die es jetzt sagen wird: „Meine Damen und Herren, einmal „Essen", sehen Sie her, der glückliche Gewinner, einmal „Essen" – und hier ist der Hauptgewinn: Unser riesengroßer Teddybär!" – Ja, Teddybär...

Er drückt das Fenster hoch, schiebt seinen Sitz zurück und zieht sich die Schuhe an. Dann ergreift er die schwarze Tasche, die er als einziges Gepäckstück aus dem Auto mitgenommen hat und in der sich jetzt nur der Reisepaß und einige Toiletteartikel befinden, und steigt aus.

Er ist der einzige, der aussteigt, und niemand steigt ein, und auf dem ganzen Bahnsteig ist niemand zu sehen.

Vor sich hat er die glatte Kachelwand des Gebäudes, von dem er noch immer nicht sehen kann, wie hoch es ist, und rechts auf dem Bahnsteig einige dieser würfelförmigen, gekachelten Dienstgebäude und einen Kiosk und links den Schaukasten mit den Fahrplänen. Er zögert etwas und geht zu dem Schaukasten hinüber.

Der Zug fährt nach Köln.

Er sieht auf den Fahrplan und liest Köln und denkt, Köln als Lotteriegewinn wäre auch schön gewesen. Essen ist schön, aber Köln wäre auch schön gewesen, ich hätte nur länger schlafen müssen.

Er sieht weiter auf den Fahrplan und sieht „Essen" und „Köln" und denkt, „Köln" ist der Hauptgewinn, und hört hinter sich das Geräusch des abfahrenden Zuges. Ein erstaunlich schnelles In–Bewegung–Kommen der schweren Waggons, dem das Fahrgeräusch noch schneller voranzueilen scheint, so daß mit zunehmender Geschwindigkeit das Rollen der Räder und Arbeiten der Achsen nicht auch als zunehmendes, sondern eher sich minderndes Geräusch an sein Ohr kommt, bis es sich in der Stille der Dämmerung verliert.

Wie es aussieht, ist alles bestens.

In einer guten halben Stunde geht ein Eilzug Richtung Kassel.

Er dreht sich um und sieht über die Bahnsteige linkerhand von ihm.

Er ist wirklich alleine auf diesem breit und tief gefurchten Schwellen– und Schienenacker mit dem durchbrochenen Himmel und Kunstlicht und Beton und dem dürren Geäst der Leitungen darüber, und er denkt, ich hätte die Jacke noch aus dem Auto mitnehmen sollen. Er hat das schon in Magdeburg auf dem Bahnhof gedacht, aber es war zu spät gewesen. Das Auto stand auf dem Autohof und er auf dem Bahnsteig, und das Taxi war weg. Er hatte überlegt, ob er noch einmal in die wärmere

Bahnhofshalle zurückgehen sollte, aber der zugige Wind, wie er nachts auf allen Bahnhöfen zu gehen scheint, und die Kälte waren ihm dann egal gewesen, und er hatte weiter auf dem Bahnsteig gewartet.

Hier in Essen ist es nicht zugig. Es ist mehr eine Kühlschrankkühle, die ihn umgibt und frösteln läßt, und dann fällt ihm ein, daß er seit fast vierundzwanzig Stunden nichts gegessen und getrunken hat.

Er geht auf die Treppe zu, die zu der Bahnsteigunterführung hinabgeht. Im Gang unten bleibt er stehen.

Nicht weit rechts von ihm führt eine breite Treppe nach draußen, auf die Straße hinunter, und etwas links vor ihm eine andere breite Treppe hinunter in die Bahnhofshalle, die auf Höhe der Straße liegt und die mehr eine große Passage quer unter der Bahntrasse hindurch zu sein scheint. Die Enden der Passage nach links und rechts hin kann er nicht sehen, aber vermutlich ist sie nach beiden Seiten hin offen wie die Bahnsteigunterführung, in der er sich befindet, ebenfalls. Und obwohl sie zu den Seiten hin offen ist, ist es hier wärmer als auf dem Bahnsteig oben. Dennoch fröstelt er weiter und weiß, daß ihm von innen heraus kalt ist und wärmere Luft allein ihm nicht helfen wird.

Er geht nach links. Vor der Treppe zur Passage hinunter bleibt er stehen.

„Lord ist extra" strahlen ihm ein schöner Werbemann und eine noch schönere Werbefrau vor blauem Himmel und tiefblauem Wasser von der Wand gegenüber entgegen. Und so blau und schön alles ist, daß es blauer und schöner und positiver nicht sein kann, hat er nicht den Eindruck, daß Blau und Schön und Positiv ihm das geben können, was er braucht. Und der Imbißladen gleich links am Fuß der Treppe ist zwar erleuchtet, doch die Stühle liegen auf den Tischen.

Er geht weiter.

Die Bahnsteigunterführung ist bei weitem nicht so groß angelegt wie die Passage unten. Immerhin ist es eine Unterführung mit Laden– und Imbißgeschäften, die zwischen den Treppenaufgängen zu den Bahnsteigen liegen. Sie sind alle erleuchtet, und wenn er Glück hat, ist eines bereits geöffnet.

Vor der breiten Glasfront eines Schnellimbisses, die vom Boden bis fast zur Decke der Unterführung reicht, bleibt er stehen. Sie ragt in die Unterführung hinein und besteht aus einer Anzahl von Segmenten, die sich einzeln oder in ihrer Gesamtheit in Führungsschienen zur Seite schieben lassen. Auf diese Weise wird der Imbiß in den Verkehrsraum der Unterführung mit einbezogen, und seine Lage ist eine jedermann erkenntliche Einladung, Halt zu machen und etwas zu sich zu nehmen. Und die Einladung wird gleichsam zur Aufforderung durch Schuhabdrücke, die bereits außerhalb des Imbißraums rot und weiß auf den Boden gemalt sind und gleichermaßen von links und rechts auf den Tresen zuführen.

Er steht vor der Scheibe und sieht durch das dicke Glas.

Über den breit sich hinziehenden schmalen Raum verteilt, stehen runde, brusthohe Tischchen, und an einem von ihnen, rechts vom Tresen, ein Mann. Er raucht, liest in einer Zeitung, und vor ihm auf dem Tischchen steht eine Tasse. Von einer Bedienung ist nichts zu sehen.

Eine Tasse – er tritt etwas zurück und blickt nach oben. „Grill–Center" liest er, und die Vorstellung, daß der Imbiß geöffnet hat und er nur hineinzugehen braucht, um etwas zu bekommen, läßt ihn einige Male schlucken.

In der Auslage des Glastresens im Raum sieht er ein Tablett mit vorgebratenen Koteletts und ein weiteres mit vorgebratenen Bouletten und einige Schüsseln mit verschiedenen Salaten, und dann sieht er, daß der Mann ihn ansieht. Er sieht ihn an; dann geht sein Blick nach rechts von ihm und wieder zu ihm zurück.

Er folgt dem Blick des Mannes und sieht die Tür und geht auf sie zu. Er öffnet sie und tritt ein, und im selben Augenblick geht links vom Tresen eine nur angelehnte Tür auf, und eine junge Frau kommt herein.

„Morgen", sagt er.

„Mojen", sagt der Mann und nickt ihm zu und sieht ihn weiter an.

Die junge Frau trägt ein Paket und bückt sich und verschwindet hinter dem Tresen.

Er geht an dem Mann, der ihn noch immer ansieht, vorbei bis zum Tresen und wartet.

Er sieht den Rücken der jungen Frau und hört, wie sie von unten herauf „Morgen" sagt, und dann kommt sie hoch. Sie sieht ihn an und bekommt einen Ausdruck ins Gesicht wie die Beamtin in Magdeburg.

„Morgen", sagt er. „Gibt´s schon was?"

„Was denn?"

Sie sieht ihn an, und er riecht diesen widerlichen, kalten Mief von gegrilltem Fett und Fleisch, und sein Hungergefühl ist plötzlich weg, und er weiß, außer Kaffee wird er nichts runterkriegen, und er muß froh sein, wenn er ihn bei diesem Mief nicht gleich wieder rauskotzt.

„Kaffee", sagt er.

„Kaffee – sicher."

Sie dreht sich um und nimmt eine Tasse und läßt den Kaffee aus der Maschine laufen.

„Milch? – Zucker?" fragt sie.

„Milch und Zucker", sagt er. „Bitte."

Sie stellt die Tasse auf den Tresen und legt zwei eingepackte Stückchen Würfelzucker und ein Plastikbecherchen Milch dazu.

„Einsfünfzig", sagt sie und sieht ihn wieder so seltsam an.

Er zahlt und nimmt die Tasse und geht an den nächstgelegenen Tisch links vor dem Tresen. Er stellt sich mit dem Rücken dazu und sieht in die Unterführung hinaus.

Blut, denkt er, wahrscheinlich habe ich wieder Blut auf der Stirn.

Er läßt ein Stück Zucker in den Kaffee fallen, gießt Milch hinein und geht noch einmal zum Tresen, nimmt einen Löffel aus dem Besteckbehälter, geht zum Tisch zurück und rührt den Kaffee um.

Dann trinkt er.

Er trinkt langsam und läßt die Kaffeehitze in sich hineinlaufen. Er riecht den Duft des Kaffees und schmeckt ihn, und es ist die beste Tasse Kaffe, die er je getrunken hat. Ja, die beste Tasse – und das hier in Essen ist ein schöner Bahnhof.

Und er denkt an die Bahnhöfe der U–Bahn in Petersburg.

In diesem Petersburg, wo noch überall Leningrad geschrieben steht, gleich am Flughafen und sonst überall, und daß er hier frühmorgens in Essen ist und Kaffee trinkt, das ist ihm plötzlich so fremd, wie es die fremde Stadt PetersburgLeningrad, die sich wegen der Unentschiedenheit in ihrer Namensfindung wohl selbst fremd sein muß, zu keinem Moment fremd gewesen ist, und er fragt sich, ob seine Irritation nicht daher kommt, daß er gestern noch in Petersburg gewesen ist – nein, ob er sich vielleicht nicht noch in Petersburg befindet und eine falsche Linie genommen hat und an einem

Bahnhof ausgestiegen ist, der ganz anders ist als sonst die in Petersburg.

Ja, das ist es – er ist in Petersburg und auf einem Bahnhof, den es dort gar nicht gibt, nicht geben kann – das ist der Grund, warum er plötzlich nicht weiß, was ist.

Und das Los „Petersburg" in der Städtelotterie wäre auch schön gewesen, noch schöner als die anderen und der Super–Hauptgewinn – und nur möglichst weit weg, wenn auch die Bahnhöfe anderswo anders sind und nicht so schön.

Nein, so einen Bahnhof gibt es in ganz Petersburg nicht. Die U–Bahnhöfe da und der hier in Essen, das ist etwas, das man nicht vergleichen kann. In den Bahnhöfen in Petersburg gibt es keine Ladenpassagen und keine Kaffeshops, in denen man frühmorgens die beste Tasse Kaffee seines Lebens trinken kann, und keine Brot– und Backshops mit zwei Dutzend Sorten Brötchen und heißen Käsesnacks und keinen Buch– und Zeitungsladen und eine Fotokabine für automatische Paßfotos rund um die Uhr sowieso nicht.

Ja, ich sollte ein Foto machen lassen, denkt er.

Ein Foto von mir, mit dem Blut auf der Stirn. Ein Foto aus diesem schönen Bahnhof, der so schön hell und sauber ist.

Kein Bahnhof in Petersburg sieht so aus, und die ganze Stadt sieht anders aus.

Es ist eine wunderbare Stadt, von einer ganz eigenen, vergangenen Schönheit und mit dem Maß einer Schönheit, die auf jeden Fall mehr als die Schönheit der frischen Farben, der spiegelnden Fassaden und der Arbeit von Kehrmaschinen ist. So gesehen sind viele Städte schöner, vor allem deutsche und holländische, und Deutschland ist überhaupt schön, besonders Westdeutschland, und der Bahnhof hier ist es auch.

Und wichtig ist ja nicht so sehr, wie etwas ist, sondern wie man es sieht – und dieser Bahnhof in Essen ist schön, ganz ohne Zweifel, zumindest nicht häßlicher als andere auch... und das Los „Petersburg" wäre ihm doch am liebsten gewesen.

Er hört, wie der Mann seine Tasse zum Tresen bringt und abstellt.

Dann kommt er an ihm vorbei und sagt „Mojen."

Er nickt nur, und die Frau hinter ihm sagt „Tschüüs".

Es klingt, als wäre sie wieder hinter dem Tresen verschwunden, und hat einen Ausdruck, als käme der Mann jeden Morgen zu ihr, um seinen Kaffee zu trinken, und als wüßte sie, er würde morgen auch wieder kommen.

„Tschüüs", ruft der Mann. Er ist an der Tür und geht hinaus und schlendert nach links die Unterführung hinunter.

Er sieht ihm nach und nimmt wieder einen Schluck.

Der Kaffee ist abgekühlt.

Eine ganz gewöhnliche Plörre, denkt er.

Er überlegt, ob er noch eine Tasse trinken soll.

Nur wenn er trinkt und seine Nase über der Tasse hat, riecht er diesen Mief nicht, der ihm im Hals festsitzt.

Nein, es ist besser, er trinkt aus und geht.

Von irgendwoher kommt eine Lautsprecherdurchsage. Sie klingt hallend und verzerrt und wie von weit her, so daß er nichts versteht.

Bald darauf rumpelt über ihm ein Zug in den Bahnhof und dann wieder hinaus.

Er dreht sich um und sucht an der Wand hinter dem Tresen nach einer Uhr. Die junge Frau ist wieder im Nebenraum und hat die Tür aufgelassen.

„Haben Sie die Uhrzeit?" fragt er.

Sie kommt heraus und sieht auf ihre Uhr. „Viertel vor", sagt sie.

Er nimmt den letzten Schluck – Plörre... eine richtige Plörre, aus der er nur noch Zucker herausschmeckt.

Er bringt die Tasse zum Tresen, und irgendwo über ihm rumpelt es wieder.

Die junge Frau steht hinter dem Tresen und wartet. In ihrer blau–weiß gestreiften Kittelbluse mit einer blauen Schürze davor sieht sie aus wie eine Verkäuferin in einer Metzgerei. Er sieht sie an und riecht diesen Mief, und fühlt, wie es ihn im Hals würgt, und er denkt, es ist gut, daß ich gehe.

„Hat gut getan", sagt er.

Sie sieht ihn wieder so an. „Glaub ich Ihnen", sagt sie und nimmt die Tasse.

„Und einen Flachmann noch."

„Was für einen?"

Er sieht die Reihe der Fläschchen hinter ihr in einem Regal entlang. „Wodka", sagt er, und nach einer kleinen Pause: „Petersburger Wodka."

„Petersburger Wodka? – Haben wir nicht."

Er grinst. „Wodka", sagt er.

Er zahlt, nimmt das Fläschchen, packt es in die Tasche und geht zur Tür.

„Wiedersehn", sagt sie, „und schönen Tag noch."

„Ja... Wiedersehn."

Als er auf den Bahnsteig kommt, steht der Zug bereits da.

Er geht ein Stück an ihm entlang und steigt ein.

Die Abteile, an denen er vorbeikommt, sind leer, und er nimmt eins in der Mitte des Waggons. Er setzt sich an den Fensterplatz in Fahrtrichtung und stellt die Tasche neben sich.

Er sieht aus dem Fenster.

Zwei Bahnsteige weiter stehen einige Leute und warten; und unter den Überdachungen der Bahnsteige brennen die Röhrenlampen noch immer, so als seien sie es gewesen, die das Zwielicht der Dämmerung vertrieben haben, und als sollten sie das letzte Grau aus den letzten Winkeln unter den Überdachungen auch noch vertreiben. Dann ertönt die Lautsprecherstimme, die hier oben klar und deutlich ist, und der Zug fährt an, rucklos und mit gleichmäßiger Beschleunigung.

Nach zwei oder drei Stationen, an denen der Zug gehalten hat, steigt dann die Frau zu.

Sie erscheint von hinten kommend auf dem Gang, wirft einen Blick in sein Abteil und schiebt die Tür auf. Beim Eintreten sieht sie ihn an und bleibt kurz stehen. Dann kommt sie herein, sagt „Guten Morgen", schiebt die Tür wieder zu und setzt sich auf die Bank gegenüber auf den mittleren Platz. Sie hat kein Gepäck bei sich.

„Guten Morgen", sagt er.

Sie rutscht etwas hin und her, um die richtige Sitzposition zu finden, und er sieht aus dem Fenster und merkt, daß sie ihn ansieht.

Draußen ziehen Vorstadtlandschaften mit Schrebergärten und Lagerschuppen vorbei.

Er hört die Fahrgeräusche des Zuges und spürt wieder die Schwere, die ihm auf den Augen liegt, und denkt, was für eine Plörre, und er sieht hinaus, ohne etwas zu sehen, und ist plötzlich wieder auf der Autobahn.

Sie zieht sich gerade dahin.

Die Luft über ihr flimmert in der Ferne. Der helle Beton blendet ihn, und er spürt seine Schläfrigkeit und zwingt sich, die Augen aufzuhalten, und er hört wieder die Stimme des Jungen.

„Papa?"

„Ja."

„Denkst du daran?"

„Woran?"

„Den Drachen kaufen."

„Ja."

„Heute ist guter Wind, ich war schon draußen."

„Ja, am Strand wird's noch besser."

„Heute morgen noch?"

„Ja, heute morgen."

„Einen Lenkdrachen?"

„Ja, einen..."

„Wird wieder schön heute, nicht?" hört er die Frau sagen.

„Wie?"

„Wird wieder schön, oder?"

„Ja, sieht so aus."

„Wenn's mal nur nicht wieder zu heiß wird."

Er sieht sie an und nickt.

„Alles leer im Zug, haben Sie auch gesehen?"

Er nickt wieder.

„Aber man muß ja nicht allein fahren, kann sich ja 'n bißchen unterhalten dabei, dann geht's schneller, nicht?"

Er nickt nochmal.

Er greift zur Tasche, holt das Fläschchen heraus und nimmt einen Schluck. Der Alkohol brennt ihm im Hals, aber er würde ihm diesen Druck von den Augen nehmen, und sie sieht ihn an. Er hält ihr die Flasche hin.

„Auch einen?" fragt er.

Sie lacht auf. „So früh – ?"

Er grinst. „Oder so spät – wenn Sie Schwierigkeiten damit haben."

Er nimmt noch einen Schluck und hält ihr wieder die Flasche hin. „Es gibt auch ´nen Grund."

„Ja?"

„Ja – Geburtstag..."

„Wirklich?"

„Ja, den zweiten."

„Ach, so", sagt sie, „deswegen..."

„Wie?"

Sie deutet auf ihre Stirn. „Deswegen..."

Er nickt.

„Unfall?"

„Ja."

„Mit dem Auto?"

„Ja." Er hält ihr die Flasche noch näher hin und grinst sie an.

„Ja, das kommt vor", sagt sie. Sie lächelt etwas und nimmt die Flasche. „Und – ?" fragt sie.

„Sehen Sie ja."

„Ja, Hauptsache, man selbst bleibt heil."

„Ja, hab Glück gehabt, das Auto ist Schrott."

„Ach, das Auto..." Sie nimmt einen Schluck und verzieht das Gesicht und lacht dann und erzählt, ihr Auto sei auch kaputt. Darum nehme sie heute die Bahn, und sie wolle ihren Vater besuchen, und der sei nicht gut auf den Beinen, und mit der Bahn sei das umständlich, und sie müsse noch einen Bus nehmen und hätte nicht gleich Anschluß.

„Aber was willst du machen, ich hab ihm versprochen, daß ich heut komme, und er wartet drauf. – Und morgen ist ja Vatertag." Sie sieht ihn an. „Haben Sie Kinder?"
Und sie nimmt noch einen Schluck und gibt ihm die Flasche zurück, und er trinkt auch und hat das Gefühl, es geht ihm nicht besser.
Sie erzählt weiter von ihrem Vater, und daß sie da aufgewachsen ist, wo sie jetzt hinfährt, und die Familie sei später nach Bochum gezogen und dann wieder auf's Land, aber sie sei in Bochum geblieben, und sie fahre gern dahin, wo sie groß geworden ist, für ein paar Tage schon.
„Nur auf Dauer, nee – da möcht' ich nicht tot über'm Zaun hängen. Wenn du die Großstadt gewohnt bist, nee..." Und mit der Bahn fahre sie da nicht so oft hin, heute zum zweiten Mal erst. „Ohne Auto ist auch 'ne Frau nur 'ne halbe Frau heutzutage, nicht wahr?" sagt sie und fällt von ihrem Ruhrpott–Singsang in ein Lachen.
„Ja", sagt er und nickt mit dem Kopf und grinst etwas und denkt daran, daß er gar nicht mitbekommen hat, wie das Auto von der Autobahn abgekommen ist. Irgendwo ist da eine Lücke in seiner Erinnerung, vermutlich war er kurz eingenickt.
Er erinnert sich nur, daß es ihn plötzlich auf dem Sitz umherwirft, mit einem heftigen Schlag gegen das Wagendach schleudert und dann nach vorn in den Sicherheitsgurt; und er hat überhaupt nichts

gesehen, und erst als das Auto steht, sich im
Unterholz eines Waldstücks wiedergefunden, und
alles ist plötzlich ganz still – nach diesem
plötzlichen Rumpeln, Brechen und Schlagen noch
plötzlicher still. Und das Gesträuch ist so dicht und
seine Äste so dick, daß er nicht aussteigen kann. Er
startet den Motor und kann den Wagen einen Meter
zurücksetzen und steigt auf der Beifahrerseite aus.
Er sieht hinauf zur Autobahn und sieht, daß er
schräg eine steil ansteigende Fahrbahnböschung
herunter gekommen ist, durch einen flachen
Graben und zwischen einigen nah
beieinanderstehenden, dicken Kiefern hindurch,
und daß das Strauchwerk ihn aufgefangen hat. Und
von all dem hat er nichts gesehen; und er hat nicht
gebremst oder gelenkt und gar nichts, und das Auto
steht etwa zwanzig Meter von der Böschung
entfernt im Wald.
„Das geht so verdammt schnell", sagt er.
„Ja, sicher, mit dem Auto geht alles viel schneller",
sagt die Frau. „Oder was meinen Sie?"
„Jaja", sagt er.
„Aber ohne die kaputten Dinger würde man nicht
mit der Bahn fahren – und ist doch mal was
anderes, oder?"
„Eben", sagt er. „Prost! Auf alles, was kaputt ist."
Er nimmt einen Schluck und grinst und gibt ihr das
Fläschchen.
Sie lacht und sagt „Prösterchen" und trinkt und
fängt wieder an zu erzählen.

Und er hört sie reden und gleichzeitig auch die Polizisten, die ihn fragen, wie das passiert ist, und er weiß es nicht, und sie sagen ihm, daß er Glück gehabt hat, verdammt viel Glück, und wenn er eine von diesen Kiefern erwischt hätte, wäre es mit ihm vorbei gewesen.

„Sind Sie zu schnell gefahren?" fragt der eine.

„Hundertzwanzig..."

„Das reicht. – Haben Sie gebremst? Haben Sie bremsen müssen?"

„Nein."

Die beiden sehen sich an und schütteln den Kopf. Und sie fragen ihn einige Male, ob ihm wirklich nichts passiert ist. Wahrscheinlich denken sie, er hat einen Unfallschock, aber was soll er sich jetzt, wo es geschehen und er heil geblieben ist, noch aufregen – und die kleine Platzwunde auf der Stirn...

Sie geben ihm ein Stück Verbandmull, und er kann deutlich sehen, daß er selbst und dieser Unfall ihnen nicht geheuer ist, und sie sind froh, als der Abschleppwagen kommt und sie ihn los sind.

Er lächelt.

Die Erinnerung an die Polizisten und ihre Unsicherheit lassen ihn lächeln, und durch das Bild der Polizisten hindurch sieht er, wie die Frau ihm gegenüber zurücklächelt. Etwas unsicher, so als ahne sie, daß das Lächeln nicht ihr gilt, aber sie lächelt.

Und er sieht sie an und sucht ihre Augen und lächelt sie an, bis sie unter seinem Blick ausweicht und über den Gang nach draußen durchs Fenster sieht. Sie hält das Fläschchen noch in der Hand, und als ob ihr plötzlich etwas einfiele, sieht sie ihn wieder an, hebt das Fläschchen und lacht und sagt „Prost" und „Ich heiße Rosi."

„Prost, Rosi", sagt er.

Und sie trinkt, gibt ihm das Fläschchen und lächelt ihn an, und er trinkt auch, und sie sieht wieder nach draußen.

Sie ist um die dreißig, vielleicht etwas darüber, und sieht aus, wie viele Frauen heute zwischen zwanzig und vierzig in ihrer salopp–burschikosen Attitüde, die sich individuell und selbstbewußt und modern geben will und die in ihrer Nachahmung eines deutlich Männlichen uniform und schon wieder konventionell nur ist, wie viele Frauen heute aussehen, und es ist nichts Auffälliges an ihr.

Ihr Gesicht ist ein Durchschnittsgesicht, nicht hübsch und nicht häßlich, und nur wenn sie spricht und lacht, und wie sie spricht und lacht, hat sie etwas, das sie anders erscheinen läßt. Dafür hört er diesen Ruhrpott–Singsang zu selten und mag ihn andererseits zu sehr, als daß es für ihn etwas Gewöhnliches wäre; und wenn sie lacht, ist das, als wäre es eine lachende Version dieses Singsangs, und die Melodie ihrer Sprache klingt auch in der Melodie ihres Lachens.

Er sieht sie an.

Bei ihrer Größe könnte sie zehn Pfund weniger haben, denkt er.

Dann hätte sie eine gute Figur – aber auch nicht solche Titten.

Sie trägt einen weiten Pulli.

Die Rundung ihrer Brüste zeichnet sich deutlich darunter ab, und sie muß kräftige Brüste haben, daß sie sich unter einem solchen Pulli so abzeichnen, und er fragt sich, ob sie bei der Größe auch fest sind, und stellt sich vor, daß sie fest sind und feste, harte Brustwarzen haben, wenn man sie streichelt.

Er stellt sich das vor und kneift die Augen etwas zusammen und sieht auf ihre Schenkel.

Die Jeanshose, die sie trägt, ist ohne Reißverschluß. Sie sitzt so knapp an ihr, als hätte sie die Hose gekauft, als sie tatsächlich zehn Pfund weniger gewogen hat, und der Stoff zeichnet die fleischige Rundung dieser Schenkel, die in die fleischigere Rundung der Hüften und des Hinterns übergehen, nach. Sie hat die Beine von sich gestreckt und die Füße etwas auseinandergestellt und auf den Hacken aufgesetzt, und er sieht, wie ihre Beininnenseiten sich oben in dem Dreieck treffen, in diesem Dreieck, das durch den Stoff überdeutlich nachgezeichnet wird, und er sieht, wie von der Mitte des Dreiecks aus, in der Tiefe zwischen ihren Beinen sich verlierend, ihre Furche von dem Stoff nachgebildet wird.

Er sieht es und fühlt, wie es ihn plötzlich anspringt.

In seinem Zustand von Übermüdung und Hunger
und Alkoholgenuß ist es ein sehr eigenes Gefühl,
wie durch etwas gedämpft in der Wahrnehmung,
aber andererseits sehr stark, und es erinnert ihn an
Morgen nach einem Besäufnis, wenn er vom
Alkohol kaputt war und gleichzeitig angeregt.

Und er hat weiter dieses blaue Stoffdreieck, mit der
sich zwischen den Beinen verlierenden Einkerbung
vor Augen, und er stellt sich vor, wie er, sie und er
voreinander stehend, ihr die Hose herunterziehen
und mit seiner Spitze, im Dreieck beginnend, dieser
Kerbe folgen würde und den Weg zurückmachen,
und wieder von oben nach unten ihr folgen würde,
und sie mit ihrer Singsangsprache müßte die Beine
geöffnet haben und die Lippen ihrer Furche auch,
daß er leicht darin hin und her gleiten könnte, und
den sanft führenden Druck dieser Lippen doch auch
spüren.

Und er würde ihr sagen, daß sie ihm etwas erzählen
soll, irgendetwas, nur damit er den Singsang hört,
und er würde merken, wie sie naß wird, und wie
ihre Nässe den Furchengang zum noch leichteren
Gleiten macht, und er würde die Nässe bis oben
hin, wo sich die Furche im Haargestrüpp verliert,
verteilen, und sie müßte reden, immer reden, und
wenn die Nässe anfing, ihr die Beine
hinunterzulaufen, würde sie ein Bein seitlich
hochnehmen, und er würde ein letztes Mal von
oben nach unten durch ihre Fahrrinne gleiten und
langsam, ganz langsam in ihren Hafen einlaufen

und einlaufen und vor Anker gehen und ganz still vor Anker liegen. Und er würde sich völlig ruhig verhalten und abwarten, wie lange sie das aushält, und nur ihre Brüste unter seinen Händen fühlen und ihre Nippel streicheln, und sie würde dann anfangen zu stoßen und gegen seine starre Unbeweglichkeit anzugehen, und er fragt sich, wie lange sie das aushalten würde.

„Bist du fertig?" hört er sie sagen.

Er sieht auf in ihr Gesicht und sieht, daß sie lächelt.

„Womit?" fragt er.

„Womit–! Na, komm...", sie lacht, „...so nackt war ich noch nie, mein ganzes Leben nicht", und sie lacht wieder.

Er fühlt, wie er rot wird. Sie lacht weiter. „O, er kann noch rot werden, wie schön."

Er sieht aus dem Fenster und ärgert sich über sich selbst, und sie lacht immer noch. „Na, komm, war nicht so gemeint; war´s wenigstens schön?"

Er blickt sie an, beugt sich vor, ihr entgegen, und spürt noch die Röte im Gesicht und sagt: „Komm, laß uns."

Sie hört auf zu lachen, sieht ihn noch kurz an und blickt wieder über den Gang aus dem Fenster. Dann zieht sie die Beine an, richtet sich etwas auf im Sitz und schlägt die Beine übereinander.

Er sieht aus seinem Fenster und sieht die Landschaft vorbeiziehen. Die Städte haben sie hinter sich gelassen, und es ist freie Landschaft mit einzelnen Häusern oder Dörfern in der Ferne. Rote

Ziegeldächer blinken in der Morgensonne, und es ist nicht ein Wölkchen am Himmel. Er denkt an den Essener Bahnhof und denkt, was für ein beschissen schöner Bahnhof – und ein beschissen schöner Tag wird es heute auch.

Und er ist wieder auf der Autobahn und dann auf dem Weg durch die Dünen.

„Dana, nicht", sagt er.

Der Kleine schaut hoch. Er hält noch die Scherbe in der Hand und schaut hoch.

„Warum nicht?"

„Du schneidest dich."

„Ihr schneidet euch auch."

„Nein, wir passen besser auf. Wir sind größer, auch Leo."

„Aber ich hab sie gefunden."

„Du hast sie gefunden, fein, gib sie mir."

Der Kleine kommt und reicht ihm die Scherbe.

„Die sind böse, nicht?"

„Die sind ganz böse. Werfen ihre Flaschen einfach in die Dünen."

„Wir sind nicht böse."

„Nein, wir..."

„Wo?" hört er sie fragen.

Er ist sich nicht sicher, ob sie etwas gesagt hat und sieht zu ihr hin.

Sie sitzt da wie vorher und blickt aus dem Fenster, und so wie sie dasitzt, hat es den Anschein, als habe jemand anderer „Wo?" gesagt.

„Wo?" – Er nickt mit dem Kopf nach hinten über die Schulter, und als er sieht, daß sie weiter aus dem Fenster blickt, sagt er: „Hinten" und nickt noch einmal mit dem Kopf.

Sie sieht weiter aus dem Fenster, und er steht auf. Er geht zur Tür und schiebt sie auf und tritt auf den Gang und dreht sich um.

Sie muß ihn jetzt ansehen, und sie tut es und lächelt ihn an, und dann steht sie auf und lacht ihr Singsang–Lachen, und es klingt ein bißchen verlegen diesmal. Er grinst sie an und schiebt sie vor sich auf den Gang und sagt: „Einen Moment", und geht zurück ins Abteil und nimmt die Tasche.

Sie hat gewartet und geht vor ihm her den Gang hinunter.

Er sieht ihren Arsch vor sich, dicht vor sich, und die Vorstellung, daß er darüber verfügen wird und ihr schon jetzt – niemand ist in den Abteilen, an denen sie vorbeikommen, und er braucht nur den Arm vorzustrecken – , ihr bereits jetzt von hinten in den Schritt greifen kann, und die Gewißheit, daß er es tun wird, sie stimulieren ihn nicht, sie machen ihm weiche Knie. Er merkt es ganz deutlich, wie er für einen Augenblick weiche Knie bekommt und innerlich anfängt zu flattern und er denkt, geh´s langsam an, mach langsam – und dann ist es erstmal vorbei.

Sie kommen auf die Plattform zwischen den Waggons.

Vom Gang links um die Ecke ist die Toilettenkabine, und davor bleibt sie stehen.

Er stellt sich neben sie, öffnet die Tür und schiebt sie vor sich her in die Kabine hinein. Sie will sich umdrehen und ihm zuwenden, aber er umfaßt sie von hinten mit seinem freien Arm, läßt die Tasche fallen und schließt die Tür ab, und umfaßt sie auch mit dem anderen Arm, und beugt seinen Kopf in ihren Nacken.

Er riecht die Wärme ihres Körpers und ihr Haar – nur dies und kein Parfüm oder Deodorant, und er ist froh darüber. Er fühlt, wie es ihn kurz durchschauert, und schließt für einen Moment die Augen. Dann schiebt er ihren Pulli hoch, zieht die Bluse, die sie darunter trägt, aus dem Hosenbund und gleitet mit den Händen unter die Bluse. Ihre Haut ist warm, so warm, als fühle er sie in der Schlafwärme ihres warmen Bettes, und unter der Berührung seiner Hände zuckt sie unter gespielt übertriebenem Schauder zusammen und macht „Iiih..."

Er läßt die Hände auf ihrem Bauch und riecht ihren Körper.

Dann schiebt er mit beiden Händen ihren Büstenhalter nach oben und umfaßt ihre Brüste. Natürlich hat sie keine Brüste wie ein sechzehnjähriges Mädchen, aber für ihre Größe sind sie fest, und er umfaßt sie und tut weiter nichts und merkt doch, wie ihre Nippel reagieren und hart werden, und er fragt sich, ob sie geil ist oder ob es von seinen kalten Händen kommt.

Und die ganze Zeit sagt er sich, geh´s langsam an, nur langsam, und dann fällt ihm ein, daß er sich seit gestern morgen die Zähne nicht geputzt hat. Er schmeckt den fauligen Geschmack der Nacht in seinem Mund. Er weiß, daß er aus dem Mund stinken wird, wenn er ihn aufmacht, und er sagt sich, daß er das Maul halten muß, und sie auch nicht küssen darf. Nur ihre Nippel wird er zwischen die Lippen nehmen und mit der Zunge umkosen, oder ihren Spalt, wenn sie nicht offen oder naß werden will, und er sie vom Geruch her vertragen kann, mit der Zunge umfahren, und er hat das Gefühl, daß er sich seiner nicht sicher sein kann.

Und mit diesem Gefühl, das stärker wird, meint er wieder weiche Knie zu kriegen; und obwohl er sich weiter sagt, langsam, nur langsam, knöpft er ihr im Bund die Hose auf, zieht sie herunter bis auf die Knie, und faßt ihr von hinten in den Schritt. Sie kommt ihm entgegen und öffnet die Beine, soweit die Hose es erlaubt, und bückt sich dann und versucht die Hose weiter herunterzustreifen und stellt die Beine noch etwas auseinander, und er merkt, daß ihre Lippen entfaltet sind und geöffnet und ihre Spalte naß, und die Frau ist wirklich aufgegeilt, und wahrscheinlich hat sie sich wie er schon im Abteil selbst aufgegeilt, aber er hat jetzt weiche Knie; und er weiß, daß er tot ist, vollkommen tot, und daß er sie befummeln kann, solange er will und er dennoch tot bleiben wird.

Er hält ihr Geschlecht umfaßt und hat den Mittelfinger in der Kerbe. Sie fängt an sich zu bewegen und schneller zu atmen, und sich an seinem Finger und der Hand zu reiben, aber er ist tot. Er riecht sie und ihren Körper nicht mehr. Er riecht nur noch diesen schalen, billigen Seifespänegeruch der öffentlichen Bedürfniseinrichtung.

Und im Grunde hat er von Anfang an, seit sie in der Kabine sind, ihre weiblichen Reize mit derselben Nüchternheit nur wahrgenommen wie jetzt den Geruch der Kabine.

Nein, er ist tot, vollkommen tot.

Seit sie das Abteil verlassen haben, haben sie nichts gesprochen, und er sagt: „Scheiße."

Und er denkt: Scheiße – dies Miststück.

Er läßt sie los und sagt: „Scheiße – tut mir leid."

Sie dreht sich um und sieht ihn an.

Ihr Gesicht hat die Anzeichen der beginnenden sexuellen Spannung, und dazu hat es einen Ausdruck, als habe sie nicht verstanden oder als könne sie nicht glauben, was sie verstanden hat.

Er fühlt, wie sie ihm in den Schritt faßt und dann mit der anderen Hand versucht, den Reißverschluß der Hose zu öffnen., und er dreht sich zur Seite und sagt: „Doch – tut mir leid. Es geht nicht."

Sie sagt nichts.

Er sieht im Spiegel über dem Waschbecken, wie sie ihre Hose hochzieht und den Büstenhalter zurechtrückt. Dann sieht er auf den Toilettensitz herunter und denkt, da hätte sie gut ein Bein drauf stellen können, ehe er in ihren Hafen eingelaufen wäre – ja, und was für ein Hafen, aber er ist tot. Er ist versenkt und liegt auf Grund.

„Warte mal", sagt sie.

Sie dreht ihn an der Schulter zum Licht des Fensters hin und besieht sich die kleine Wunde am Haaransatz auf seiner Stirn. Sie nimmt ein Papiertuch aus dem Halter, befeuchtet es unter dem Wasserhahn und fängt an, die Stirn von dem verkrusteten Blut zu säubern, und er denkt, ich hab gar nicht mitbekommen, wo oder wann ich mit dem Kopf aufgeschlagen bin, und ihm fallen seine ungeputzten Zähne ein, und er denkt, laß ja dein Maul zu, und als sie ihn fragt, ob es weh tut, schüttelt er nur den Kopf.

Und dann lacht sie plötzlich und sagt: "Ist dir in die Glieder gefahren... der Schreck gestern – in alle, meine ich, oder?" Und sie freut sich über ihre Anspielung und lacht, und er grinst und denkt, dies Miststück.

Im Abteil bleibt sie so vergnügt. Sie hat sich ihm gegenüber gesetzt und erzählt ununterbrochen und lacht zwischendurch. Er hört sie weiter gern lachen und reden, allerdings ohne daß er sich anstrengt, darauf zu achten, was sie erzählt. Er sieht sie an oder blickt aus dem Fenster. Zwischendurch nickt er oder sagt ja oder nein oder den einen oder anderen Satz und versucht zu grinsen.

Er ist ihr dankbar, daß sie versucht, ihm darüber weg zu helfen, und er denkt, sie sieht aus wie alle diese Flintenweiber heute, aber sie ist eine richtige Frau.

Und es ist nichts Gekünsteltes daran, wie sie ihm hilft. So wie sie sich gibt, macht es den Eindruck, als sei sie wirklich nicht enttäuscht und vielleicht jetzt im Nachhinein sogar froh darüber, daß es so kam, wie es gekommen ist.

Und eigentlich hätte sie ihm gar nicht zu helfen brauchen. Es ist ihm nicht peinlich, was da geschehen ist. Bei dieser Frau hat er auch keinen Grund, es als Peinlichkeit in dem oberflächlichen Sinn eines sexuellen Versagens anzusehen. Was ihm zu schaffen macht, ist die Gewißheit, daß er auf Grund liegt, überladen und untergegangen an dieser Ladung Bitterkeit, und daß es ihn da unten halten, und er so schnell nicht wieder auftauchen wird.

Er denkt darüber nach.

Die Gewißheit, daß es so ist, hat er dadurch, wenn er die Frau ihm gegenüber ansieht.

Die Frau, die er gern reden und lachen hört und deren Reden und Lachen ihm vertraut vorkommt und an der sich seine Lust entzündet und die er begehrt hat, und die in einer Weise mitgemacht hat, wie ein Mann sich das nur wünschen kann, und bei der er dennoch weiche Knie bekommen hat.

Er sieht sie an und hat den Ellbogen auf die Armlehne gesetzt und stützt das Kinn auf die Hand. Die Frau redet, und er hat den Hafengeruch, dieses Hafens der Welt, des Hafens der Einkehr und Ausfahrt über alle Zeiten hinweg, dieses Hafens aller Häfen, ihres Hafens direkt unter der Nase, und sie hat einen Geruch, den er gut vertragen kann und er denkt nur Scheiße – Scheiße...

Dann bremst der Zug.

Sie blickt nach draußen und steht auf.

„Ich muß raus", sagt sie und beugt sich vor, und er ist überrascht und hält still, und sie küßt ihn auf die Wange.

Sie richtet sich auf. „Vielleicht sieht man sich", sagt sie.

„Ja, vielleicht", sagt er.

Sie geht zur Tür. „Mach´s gut."

„Ja, mach´s gut."

Dann ist sie weg, und der Zug hält.

Er steht auf, zieht das Fenster herunter und beugt sich hinaus. Er sieht sie aussteigen. Sie dreht sich in seine Richtung, winkt und lacht, und er winkt zurück, und sie geht den Bahnsteig hinunter, und er denkt, dies elende Miststück.

Als der Zug eine halbe Stunde später erneut bremst, wäre er am liebsten sitzengeblieben und weitergefahren, irgendwohin, egal wohin, nach Petersburg zurück, und warum nicht, Petersburg ist eine wunderbare Stadt, und selbst wenn sie das nicht wäre, er wäre gern hingefahren und dort geblieben, aber er steht auf und nimmt seine Tasche und verläßt den Zug.

Er fühlt sich zerschlagener als je zuvor an diesem Morgen und geht vom Bahnsteig durch die Sperre auf den Bahnhofsvorplatz.

Es ist kein Taxi da.

Er weiß auch nicht, wieviel Geld er noch hat, und er geht los und überlegt, wie lange er durch die Stadt brauchen wird und bis zur Bundesstraße jenseits der Stadt und dann per Anhalter bis nach Hause.

Er bleibt stehen.

Er fühlt wieder, daß er auf Grund liegt und mit sich am Ende ist und keine Kraft mehr hat.

Er geht zur Telefonzelle auf dem Bahnhofsvorplatz zurück.

Er wählt die Nummer, und ist im ersten Moment dennoch überrascht, ihre Stimme zu hören.

Und er fragt sich, für einen Augenblick wie außer sich stehend, was den, der er nicht mehr zu sein meint, dazu bewogen hat, diese Nummer anzuwählen, wenn sie auch bis vor kurzem zweifelsohne die des anderen, der er vielleicht auch ist, gewesen ist.

Ihre Stimme ist dieselbe gleichbleibend und grundlos fröhlich überdrehte, sympathische Stimme wie immer, wenn sie telefoniert oder Konversation pflegt, und nur wer sie kennt, gut kennt, weiß, daß dieser einnehmende Klang nichts anderes als ein schönes, aber selten eingelöstes Versprechen ist. Es ist die Stimme einer Lebenslüge, die sich selbst und noch mehr anderen nicht gestehen will, daß man auch mal am Boden ist und in sich unsicher und es sein darf und die der Tatsache, daß man sogar im Gegenteil ständig in Selbstzweifeln und Selbstwertbedenken innerlich und heimlich sich quält, die der Tatsache, daß man alles andere als fest auf den Füßen steht, permanente Exaltationen geheuchelter Lebenssicherheit und versuchter Täuschung und Selbsttäuschung entgegensetzen will. Natürlich ist sie nicht ein bißchen überrascht, daß er sie anruft, und natürlich wird sie ihn abholen, ja, natürlich...

Er geht an den Rand des Platzes, wo die Straße heraufführt, und setzt sich auf den Bordstein.

Jenseits der Geleise sieht er die Spitze des hohen Schornsteins, der zu der Konservenfabrik gehört.

Ja, natürlich...

Sie wird sich niemals eine Blöße geben, dazu ist sie zu schwach, und was ist es schon Schlimmes, wenn jemand schwach ist und es sich eingesteht.

Das ist ehrlich, und damit kann man leben, zumindest mit den Menschen, die einem vertraut sind. Schlimm ist es, wenn jemand aus seiner Schwachheit heraus zur Kanaille wird, die sich und den Menschen und dem Leben allgemein mit einer Berechnung begegnet, die um jeden Preis die eigene Verletzung vermeiden will und die glaubt, auf diese Weise die Niederlagen des Lebens wirklich vermeiden zu können.

Ja, sie ist eine Kanaille, denkt er.

Und was anderes als eine Kanaille ist jemand, wenn er aus seiner Schwachheit heraus andere kaputtmacht, einzig um des Gefühls wegen, dieses beschissenen Lebensgefühls wegen, stets und immer den Kopf über Wasser zu haben.

Das ist ein grandioser Selbstbetrug, ja – und den Niederlagen entgeht niemand, auch sie nicht, sie erst recht nicht. Ihr ganzes Leben ist eine Niederlage, und das Schlimme ist, daß die Feigheit der Schwachen den anderen, die nicht feige sind, zusätzliche und unnötige Niederlagen zufügt.

Es sind Menschen ohne Lebensmut, und was ist denn Lebensmut anderes, als zu wissen, daß man schwach ist, und trotzdem nicht feige zu sein.

Sie hat keinen Mut. Obwohl sie sich in ihrem ganzen Verhalten so gibt, wie sie am Telefon spricht, hat sie keinen Mut, und ihr Verlangen nach Bestätigung ist krankhaft.

Und die Niederlage, die sie ihm zugefügt hat, ist schlimm, die Schlimmste seines Lebens, und es tut ihm leid, daß dieser andere in ihm, für den er dennoch die Verantwortung hat, sie angerufen hat.

Er geht wieder zur Telefonzelle. Er wählt die Nummer und läßt einige Male klingeln und wählt sie erneut, weil er nicht sicher ist, ob er richtig gewählt hat. Es klingelt und klingelt, bis die Verbindung abbricht.

Er geht zurück zum Bordstein und setzt sich und starrt in den Himmel über der Konservenfabrik, die er nicht sieht, und versucht, nicht an die Kinder zu denken.

Ich hätte ihr sagen müssen, daß sie die Kinder zu Hause läßt, denkt er, hoffentlich läßt sie die Kinder zu Hause.

Herr Gott, es sind meine Jungs. Wer in diesem beschissenen Land gibt irgendjemand das Recht, einem Vater die Kinder wegzunehmen.

Sie wird sie mir wegnehmen.

Es sind doch meine Jungs.

Ich liebe sie wie sonst nichts, aber ich hätte ihr sagen sollen, daß sie nicht mitkommen, damit ich sie nicht sehen muß.

Und er wartet weiter und versucht weiter nicht an die Kinder zu denken, und er fragt sich, ob es ihm egal wäre, wenn ihn da bei Magdeburg einer von den Bäumen erwischt hätte.

Er versucht sich eine ehrliche Antwort zu geben, aber er weiß es nicht.

Er weiß nur, daß er die Kinder liebt und daß er abgesoffen ist und auf Grund liegt.

Und das ist alles, was er weiß; und dann kommt das Auto aus der Kurve hinter der Unterführung die Straße herauf. Er sieht ihm entgegen und merkt, daß er, obwohl er sitzt, weiche Knie hat. Er spürt die warme Sonne im Gesicht und denkt, das ist wieder ein schöner Tag heute, und morgen wird es auch wieder schön, ja, und ein beschissen schönes Jahr ist es sowieso.